로크미디어가
유혹하는
재미있는 세상
ROK MEDIA
로크미디어

이것이 삶이다

이것이 법이다 8

2016년 3월 3일 초판 1쇄 인쇄
2016년 3월 8일 초판 1쇄 발행

지은이 자카예프
발행인 이종주

기획 팀 이기헌 송윤성
책임 편집 최전경

발행처 (주)로크미디어
출판등록 2003년 3월 24일
주소 서울시 용산구 원효로97길 46 5층
Tel (02)3273-5135 **Fax** (02)3273-5134
홈페이지 rokmedia.com **E-mail** rokmedia@empas.com

값 8,000원

ISBN 979-11-5939-014-2 (8권)
ISBN 979-11-255-9575-5 04810 (세트)

자카예프 장편소설

이 소설은 픽션입니다.
등장하는 인물 및 지명 등은 현실와 연관이 없습니다.
또한 소설 내에 나오는 법이나 법리 해석의 경우에도 대중문학의 극적 전개를 위하여 일부분 과장되거나 변형된 것이 존재하니 실제 법과 혼동하지 않으시길 바랍니다.

CONTENTS

아프간의 지랄

"응?"

노형진은 투자처를 확인하다가 고개를 갸웃했다.

"이 이름, 어디서 많이 들어 본 건데?"

노형진이 돈을 벌어들이는 가장 확실한 방법은 영화에 투자하는 것이었다. 영화 마니아라 성공한 영화를 다 기억하고 있었기 때문이다.

그래서 이번에 해외에서 제작되는 코믹 로맨스 작품에 투자하려던 차였는데 의외의 사실을 알게 되었다. 원작자가 아는 사람이었던 것이다.

"한지연이라니."

한지연.

그가 미성년자일 때 저작권 문제로 도와줬던 사람이다.

그때 억울하게 저작권을 빼앗긴 것만으로도 모자라 손해배상 청구까지 당한 걸 저작권을 빼앗아 올 뿐만 아니라 손해배상도 받게 해 줬다.

“그러고 보니 그 둘은 어떻게 지내나 몰라.”

그 이후에 가끔 연락하긴 했지만 변호사가 된 후에는 연락한 적이 없었던 터라 노형진은 궁금했다. 이 영화가 나름 성공하기는 했지만 대박이 난 영화는 아니었기에 더욱 그랬다.

‘그러고 보니…….’

분명 이 영화가 어떤 영화의 리메이크 버전이라고 듣기는 했다. 그런데 아이러니하게도 원작자의 터치가 너무 심해서 원작에 녹아 있던 감성미를 살리지 못했다는 이상한 이유로 망했다고 말이다.

“그런 일이 있었던 건가?”

취향이 아니라서 한국에서 개봉했던 원작 영화는 보지 않았지만 리메이크된 영화는 봤다.

“어쩐지 이상하더라니.”

노형진은 확실하게 하기 위해 오랜만에 전화를 들었다.

“네, 한지연입니다.”

연결 음이 흐르다가 목소리가 흘러나오자 노형진은 반가운 마음이 들었다.

“지연이 누나.”

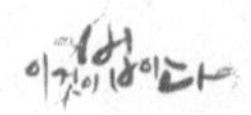

"형진이구나! 어떻게 지내? 요즘 진짜 잘나가는 변호사가 되었다는 소식은 들었어."

"하하하, 뭐, 그럭저럭 바쁘게 지내고 있어요."

"호호호, 나도 네 덕분에 바쁘게 지내고 있어."

"그나저나 누나, 시간 있어요?"

"어머? 데이트 신청?"

"그게 아니라 뭐 좀 물어보려고요."

"뭘?"

"영화요."

"영화? 음…… 그럼 이따가 저녁때 시간을 낼까? 아무래도 이야기가 길어질 것 같네."

"네."

노형진은 약속을 잡고 미소를 지었다. 도와줬던 사람이 잘 사는 걸 보니 기뻤다.

"축하드려요."

"축하는 무슨, 운이 좋은 거지."

역시나 그녀의 작품인 《비 오는 날의 무지개》가 리메이크된단다, 학생 시절이 아닌 성인 시절로 바뀌어서.

"그걸 물어보러 온 거야?"

"그냥저냥요. 제가 소소하게 영화에 투자하고 있어서요."

"해외에까지 하는 걸 보면 소소한 게 아닌데? 호호호."

"하하하."

노형진은 미소가 떠올랐다. 아니나 다를까, 그녀는 원작자라 그런지 상당한 정보를 가지고 있어 분석을 더 확실하게 했다.

'확실하게 하는 게 좋지.'

아예 관련 없이 대박이 나는 작품이라면 모르겠지만 자신 때문에 일부가 변경될 작품에 대해서는 확실하게 조사하는 게 중요하다.

"투자해 보려고?"

"네."

역사를 바꿔서일까? 이번에는 감독도 바뀌었다고 한다.

기억이 맞다면 이전 작품은 원래 주로 액션을 찍던 감독이었는데, 이번에는 초짜이기는 하지만 재능을 보이는 감독이라고 한다.

'그렇단 말이지?'

그런데 그 감독이 지금은 초짜이지만 미래에는 로맨스 영화의 대부로 불리게 되는 사람이다. 회귀 전에는 정상하가 남자다 보니 리메이크 버전의 감독으로 액션 영화 전문 감독을 요구했던 모양이다.

'위험하기는 하지만 투자할 가치가 있겠어.'

감독도, 원작자도 바뀌었지만 그 만남이 나쁘지는 않을 거라는 생각에 노형진은 마음을 굳혔다.

"아, 그러고 보니 그 녀석은 어떻게 지내요? 돈은 다 받으셨어요?"

그 녀석은 한지연의 작품을 빼앗았던 정상하를 말한다.

"아직 받고 있는 중이야. 안 그래도 이따가 가려고."

"가다니? 설마 압류 중?"

"응."

그녀의 말에 따르면 소송이 끝나고 출판사와 영화사에서 가장 먼저 반환 청구 소송을 하고 압류를 걸었다고 한다.

그 덕분에 정상하는 있는 돈을 다 털어 냈을 뿐만 아니라 그가 미성년자였던 탓에 그들의 부모까지 압류 대상이 되었다고 한다.

"금액이 좀 큰가 보네요?"

"그렇지."

방어는 해 줬지만 공부해야 했던 노형진은 손해배상 청구 소송에 참가하지 못해 그 대신 당시에 담당으로 참가했던 민시아 변호사가 진행했다고 했다.

'그러고 보니 한번 물어볼걸.'

한지연의 말로는 그녀뿐만 아니라 출판사와 영화사, 그 외 관련 회사들이 모조리 소송을 걸었다고 한다.

"그래서 뭐, 완전히 망하기는 했는데 아직도 받을 게 많아서."

"하하하."

노형진은 웃음이 나왔다. 하긴 열 군데에 가까운 관련 회사들의 손해배상 청구액이라면 엄청난 금액일 것이다.

청계 같은 곳이 그렇게 패배가 확실한 곳을 변론해 줄 리도 없고 말이다.

"갈래?"

"가 보죠."

노형진은 한지연을 따라서 압류되는 곳으로 갔다. 그러고는 혀를 끌끌 찰 수밖에 없었다.

"압류할 게 있겠어요?"

"없지."

그들이 도착한 곳은 소위 말하는 달동네, 아니 쪽방촌이었다. 압류해서 받는 돈보다 압류할 때 들어가는 돈이 더 많을 지경.

"그런데 왜요?"

"화가 나서."

"화가 난다?"

노형진은 고개를 갸웃했다. 그가 알고 있는 한지연은 이렇게 독한 여자가 아니었다. 그런데 화가 난다고 집요하게 괴롭히다니?

그러나 현장에 도착했을 때 노형진은 상황을 이해할 수 있었다.

"꺼져, 이 씨발 놈들아!"

제대로 깎지 않은 머리, 덥수룩한 수염, 붉게 충혈된 눈, 바닥을 나뒹굴고 있는 술병, 손에 들린 칼.

인간의 밑바닥으로 떨어진 그의 눈에 보이는 건 분노뿐이었다.

"혹시 아직도 사과하지 않은 겁니까?"

"그래."

한지연의 말을 들어 보니 여기서 화내지 않으면 보살이다.

한지연은 자신의 작품이 유명해지도록 한 부분도 인정해서 받은 돈만 돌려주면 손해배상은 청구하지 않으려고 했단다.

하지만 그들은 끝까지 버텼을 뿐만 아니라 재판이 끝난 뒤 압류하러 찾아간 압류관에게 칼을 들고 달려들기까지 했다는 것이다.

"결국 경찰이 출동하고 난리가 났는데 그 후에도 반성이라고는 없어. '미안합니다.' 이 한마디만 하면 끝날 텐데."

"끄응."

압류할 만큼 했고 사실 목표로 했던, 원래 줬던 돈은 다 압류해서 끝났다. 남은 건 손해배상금뿐이다.

한지연은 그가 사과만 한다면 그건 포기할 생각이었단다. 수십억을 벌었지만 그 배상금은 수천만 원 단위이기 때문이다.

"그런데 안 한다?"

"한 번도."

한 번은 집 근처까지 와서 칼을 들고 배회하던 걸 동생인 지혜가 발견해서 신고한 적도 있다고 한다.

'쯧쯧, 애초에 글러 먹은 새끼군.'

노형진은 혀를 끌끌 찰 수밖에 없었다.

저런 녀석들이 있다. 절대 자기 잘못은 인정하지 않고 남만 탓하는, 그래서 상대방이 사과 한 번이면 끝낸다고 하는데도 죽었으면 죽었지, 절대 사과하지 않는 놈들.

그러면 상대방은 화가 나서라도 그걸 그대로 둘 수가 없다.

"압류할까요?"

"네."

"이 쌰아앙!"

압류관들이 다가오자 칼을 들고 설치는 정상하.

그의 인생은 어차피 막장이었다. 망한 바람에 부모에게도 버림받았다. 부모 역시 그가 그 당시 미성년자였던 관계로 책임자가 되어 재산을 다 털렸던 것이다. 그 덕분에 집에서도 쫓겨났다.

노가다로 살아가고 있어 돈을 모아 봐야 압류가 들어올 게 뻔하니 하루하루 번 돈은 술을 마시는 데에 다 써 버렸다. 그러다 보니 알코올중독까지 생겼다.

"하아, 독하십니다."

압류관은 고개를 절레절레 흔들더니 경찰을 불렀고 잠시 후 경찰관들이 와서 그를 강제로 끌고 갔다.

"이제 전과 5범이네."

"하하하."

확실히 그렇다. 압류관들을 칼이나 무기로 위협해서 방해하면 전과를 달게 된다. 그리고 그때마다 가중처벌되어 감옥에 가 있는 시간이 길어진다. 즉, 재기는 물 건너갔다는 뜻이다.

"이거 다 팔아도 20만 원도 안 나오겠는데요."

세탁기 하나, 진짜 오래된 텔레비전 하나와 선풍기 하나. 이것이 그가 가진 전 재산이었다.

"괜찮아요."

그녀는 담담하게 말했고, 그곳에는 딱지가 붙었다.

"팔아도 안 나오는 건 문제가 아니죠. 팔리기나 하겠어요?"

"그래도 상관없어."

아마도 자신을 죽이려고 덤비자 원한이 강해진 모양이다.

"뭐, 그럼 확실하게 하는 게 좋지요."

"확실하게?"

"아마 이 집에 보증금이 걸려 있을 텐데요?"

노형진은 미소를 지으면서 말했다.

⚖

"좋네."

투자를 끝낸 노형진은 미소를 지었다. 이번에는 생각보다 잘될 것 같은 느낌이 들었다.

"그나저나 그놈은 이제 어쩌려나?"

결국 한지연은 보증금에 압류를 걸었다. 그러니 그 녀석이

다시 감옥에서 나올 때쯤이면 집마저도 사라질 것이다.

그럼 그 녀석에게 남은 건 두 가지뿐이다. 사과하든가, 길바닥에서 평생 살든가.

"말 한마디가 천 냥 빚을 갚는다는 말도 모르나. 쯧쯧."

한지연이 사과하면 용서하겠다는 말을 하지 않았을 리 없다. 그런데도 버틴다는 건 자기가 한 짓은 생각하지도 않고 억울하다고 생각하고 있다는 뜻이다.

"뭐, 내 알 바 아니지."

이 경우는 그가 자초한 것이다. 불쌍하게 여길 이유가 없다.

"여, 노 변호사."

"아, 송 변호사님, 어쩐 일이세요?"

"투자는 잘되어 가?"

"네? 하하하, 뭐, 잘되어 가지요."

"거참, 대단해. 투자하는 족족 성공하고 말이야."

"하하하."

"그러지 말고 우리도 소스 좀 알려 줘. 나, 지난번에 주식에서 까먹어서 마누라가 죽이려고 한다고."

송정한은 너스레를 떨었다.

"음, 이번은 안 되겠는데요."

전이라면 조금 알려 줬을지도 모르지만 이번에는 위험부담이 너무 컸다. 일단 원작자도, 감독도 바뀌었다. 과거의 그 영화가 아닌 완전히 새로운 영화다. 그러니 이게 성공할지

실패할지 알 수가 없는 것이다.

"거참, 좀 알려 주지."

"이번 영화는 좀 위험해서 그래요. 아니면 알려 드렸죠. 다른 건 음…… 시간이 좀 걸려도 상관없다면 금을 사세요."

"으잉?"

회사 사람들은 고개를 갸웃했다. 그러나 노형진은 길게 말하지 않았다.

"제 투자 실력 아시죠?"

"그건 그렇지."

"금 사세요. 무조건 금입니다! 금!"

"금은 왜?"

"이제 금값이 폭등할 겁니다."

"에이, 설마."

노형진이 노력해도 커다란 역사의 흐름은 바뀌지 않았다. 내년에 새로 취임하는 대통령이 누군지 본 노형진은 이번만큼은 이 혜택(?)을 사람들과 누리기로 결정했다.

'아니, 지금이 기회지.'

다음 대통령 때에는 엄청난 정책 실패로 인해 나라가 휘청거리기 시작한다.

오늘 자 금 시세는 한 돈을 기준으로 9만 7천 원이지만 3년 안에 세 배로 뛴다. 당장 노형진이 가진 재산을 금에 투자할 경우 거의 조 단위에 가까운 수익을 벌 수 있는 것이다.

아니, 그사이 성공하는 영화들까지 생각하면 조 단위를 넘어간다. 그래서 해외에서 그를 부르는 말이 영화계의 미다스. 투자하는 영화마다 대박이 나기 때문이다.

물론 그건 비밀리에 투자 전문 업체를 통해서 하는 거라 그가 한국에서 변호사로 일하고 있다는 사실을 아는 사람은 거의 없다.

"확실한 정보야?"

"네, 세 배 정도 뛸 겁니다."

"세 배!"

변호사들의 사람들은 눈이 어느 때보다 커졌다.

"크흠…… 그게 가능하겠어?"

"가능하니까 말씀드리는 겁니다. 제가 언제 투자하라는 말 한 적 있습니까?"

"음……."

확실히 노형진이 투자에 대해 말한 적은 없다.

그가 얼마나 잘 버는 건진 모르지만 투자로 제법 짭짤한 수익을 올리고 있다는 소리를 들은 적은 있는 회사 사람들이 장난삼아 '어디에 투자할까?'라고 물어봐도 확실하게 모른다며 말하지 않을 정도였다. 그런데 이렇게 확실하게 투자를 권하다니.

'한국을 생각하면 미안하지만.'

고작 변호사 중 한 명인 노형진이 대한민국을 책임질 수는

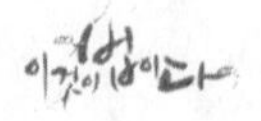

없다. 하지만 억제할 수는 있다.

수많은 자살자들을 구할 수도 있고, 헐값에 넘어가는 수많은 기업들을 구할 수도 있다.

그러기 위해서는 정말 막대한 돈이 필요하다.

"돈이 필요하기는 하겠군."

"제대로 된다면 아마 우리는 엄청난 자금력을 가지게 될 겁니다."

노형진이 말하는 것은 단순히 변호사들의 개인 투자가 아니다. 로펌 차원에서 수익을 재투자하는 것이다. 그렇게 된다면 로펌에서 가지고 가는 수익은 줄어들기 마련이다.

"세 배라."

역시 세 배 확정 수익이라는 것은 버리기 아까운 미끼다.

"그 정도로 확실한 건가?"

"전 벌써 재산의 절반 이상을 금에 투자했습니다."

"벌써?"

"네."

4천억의 재산 중 2천억을 벌써 금에 투자한 상황.

사실 1천억을 더 투자할 계획이었다. 나머지 1천억은 그냥 영화에 투자하기 위해 두고 말이다.

"음……."

송정한은 고민했다. 지금까지 노형진의 말을 들어서 실패한 적은 없다. 단 한 번도 말이다. 노형진은 확실하지 않은 건 말하지 않는 타입이기 때문이다.

"나도 투자하도록 하지."

"좋은 생각입니다."

"그럼 저도 할까요?"

남상주 변호사도 그 말에 투자하기로 결정한 모양이었다.

"새론의 재산 중 일부를 제외한 여유분을 투자하는 게 좋다고 생각합니다."

"그런가?"

"네, 아무래도 이제 백민대학교에 지급해야 하는 등록금이 적은 게 아니잖습니까?"

"그건 그렇지."

백민대학교와의 비밀 협상을 통해 새론이 받아 낸 선발권은 스무 명에서 서른 명 정도.

'원래 숙화여대에서 받았던 정원이 백 명.'

그걸 그대로 받는다고 하면 3분의 1 정도가 된다. 원래 로스쿨 한 학기당 등록금은 1천만 원 선. 결과적으로 한 학기당 2천만 원 정도 드는 것이다.

문제는 생활비와 교재비 등을 감안하면 못해도 1년에 5천 정도 든다는 것.

'3년에 평균 2억이었지, 아마?'

대학급 이상의 학교를 다녀 본 사람은 안다. 당장 등록금도 문제지만 생활을 위한 돈도 적지 않다는 걸 말이다. 더군

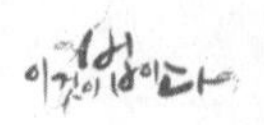

다나 영어가 변호사 시험에는 필수다 보니 그 비싼 영어 과외도 따로 받아야 하는 상황.

결과적으로 등록금과 식비, 학원 수업료, 임대료를 전부 합하면 일반적인 가정은 절대 낼 수 없는 액수가 나온다.

더군다나 로스쿨 자체에 학과 제한이 없긴 하나 대학원이다 보니 4년제 대학을 필수로 거친 후에야 갈 수 있다.

문제는 이것저것 따질 경우 현재 대한민국에서 4년제 대학생의 1년 학비가 4천만 원까지 드는 경우가 많다는 것이다.

결과적으로 4년이면 최소 1억 5천 정도 들게 되는데 1억 5천에 2억을 더하면 일반적인 집안의 전 재산이나 마찬가지다. 아니, 그마저도 안 되는 사람이 수도 없이 많다.

'누가 그렇게 둘 줄 알고?'

이게 고착화되면서 결국 가진 자들만 법을 주무르고 가지지 못한 자들은 그저 그들이 시키는 노예처럼 되어 가는 것이 미래의 일. 노형진은 그 꼴을 두고 볼 생각이 없었다.

"한 학년당 서른 명이라고 해도 3학년까지 있으면 아흔 명입니다. 등록금만 따져도 1인당 1년에 2천만 원이니 세 학년을 합칠 경우 1년에 18억이 됩니다."

"휘유!"

"그 정도는 감당할 수 있지 않습니까? 미래를 위해서요."

"그거야 그렇지."

새론은 그렇게 하지 않지만 다른 로펌들은 대법관 출신 변호사를 영입하기 위해 한 번에 계약금만 10억씩 주곤 한다.

새론 역시 노형진 덕분에 엄청난 자금을 모았고 대룡에서도 적극적으로 지원한다고 하니 아마 부족할 일은 없을 것이다.

"그리고 대학들은 장학금을 점차 줄일 겁니다."

"설마."

"진짜입니다. 대학들의 심리를 모르지는 않으시잖습니까?"

"그건 그렇지."

원래 역사에서는 비싼 가격 때문인지 대학들이 엄청난 장학금을 약속했지만 선발되자마자 얼굴에 철판을 깔고 장학금을 줄이기 시작했다.

그러다 보니 돈이 없으면 알바해야 해서 능력은 있지만 돈이 없는 사람은 성적이 떨어졌고, 능력은 없지만 돈이 있는 녀석은 성적이 올라갔다.

'돈스쿨이라고 하지.'

그런데 노형진은 그게 단순한 우연이 아니라고 생각했다. 상식적으로 무려 70%나 되는 장학금이 갑자기 떨어지는 경우는 없어서다.

'아마도 전략적이겠지.'

머리 좋은 일반인이 돈을 주고 들어온 부자들의 자식들과 공평하게 싸울 때 이기는 건 당연한 일이니 그걸 꺾기 위해서는 일반인에게 상당한 패널티를 줘야 한다. 그것이 바로 돈인 것이다.

일반인이 비싼 학비를 내기 위해서는 알바를 하지 않을 수가 없다.

당연히 수석으로 졸업할 정도로 좋은 성적을 따낸 사람들은 대부분 부잣집 자식들로 검사나 판사같이 공무직으로 나아갔으나, 아르바이트를 하느라고 공부를 제대로 못한 일반인들은 상대적으로 부족한 성적으로 인해 변호사가 되었다.

"우리가 이런 조건을 유지한다면 다른 건 몰라도 법률계에서 능력 있는 사람들을 얼마든지 구할 수 있을 겁니다. 특히 아예 대학생 때부터 키운다면요."

"대학생 때부터?"

"네."

"그건 무리가 아닐까?"

"무리가 아닙니다. 생각해 보세요. 로스쿨이 생겼는데 대학에 법학과가 왜 그대로 존재할까요?"

"그거야……."

"거기서 배우고 가면 더 유리하니까 그런 거 아닙니까?"

"그건 그렇지."

로스쿨은 법학대학원이다. 그런데 문제는 4년제 이상만 나오면 전공은 상관없다는 것이다.

무슨 뜻이냐 하면 3년간 처음부터 끝까지 법에 대해 새로 배워야 한다는 것이다. 대학을 4년 다녀도 다 못 배우는 걸 말이다.

“우리는 법학대학에서 미리 이론을 배우고 로스쿨 3년간 실전 스킬을 전수하는 겁니다. 그러면 나오는 순간 전문 변호사가 되는 거죠.”

방법은 많다. 특강 형태로 가르쳐도 되고 이곳에 아르바이트 형태로 근무시켜도 된다.

“확실히 자네가 그랬지, 실전적 경험이 중요하다고.”

3년이 넘는 경험을 가진 사람과 없는 사람의 갭은 비교할 수 없을 만큼 크다. 당연히 사회에 나오면 더 커진다.

그렇게 된다면 아무리 법원이 있는 놈들의 자식들을 뽑고 싶어도 눈치가 보여서라도 일반인들을 뽑는 수밖에 없다.

100패 한 사람과 100승 한 사람의 실력을 비교할 수는 없으니 말이다.

“알겠네.”

송정한은 고개를 끄덕거렸다.

“그럼 이제 금을 사러 가 볼까나?”

“아, 금을 사실 거면 해외에서 관세 내고 수입하는 게 어떨까요?”

무태식은 듣다가 자기 의견을 냈다.

“어차피 한국에서는 자기 수익을 붙여서 거래하니까 우리가 정식으로 수입하면 좀 더 싸게 구입할 수 있을 것 같은데요.”

노형진은 고개를 끄덕거렸다.

“좋은 생각이군요. 적당한 업체를 알아봐야겠네요.”

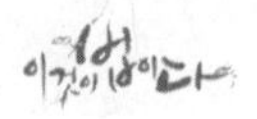

그렇게 조금씩 새론의, 아니 대한민국 법률계의 미래가 바뀌어 갔다.

⚖

"지랄한다. 어째 좀 잠잠하다 싶었지. 미친 새끼들."

"형진아."

"아, 죄송해요."

밥을 먹던 노형진은 자신도 모르게 혀를 끌끌 찼다. 그러자 그걸 본 아버지인 노문성이 한 소리를 했다.

"아무리 그래도 사람 목숨은 귀한 거다."

"사람 목숨이 귀한 거랑 자살 희망자들이 자살 시도하는 거랑은 전혀 다른 것 같은데요, 아빠."

"현아야!"

"틀린 말은 아니잖아요."

"끄응."

근데 이번만큼은 노문성도 반박하지는 못했다.

노현아는 다시 뉴스로 시선을 돌려서 혀를 찼다.

"애초에 가지 말라고 했는데 인증 사진을 찍고 유언장까지 써 가면서 종교 탄압하지 말라고 한 게 누군데요."

텔레비전에서는 아프가니스탄에 벌어진 납치 사건에 대해 연일 보도하고 있었다.

'멍청하기가 끝이 없군.'

만구파 녀석들은 한국에서 활동하기가 힘들어지자 해외 개척에 힘쓰기 시작했다. 물론 그건 종교인으로서 당연한 것이다.

문제는 개척하러 간 나라가 아프가니스탄이라는 것.

"죽으려고 환장한 거지."

평소 격하게 감정 표현을 하지 않는 노현아조차 그렇게 말할 정도로 그들은 정신 나간 짓을 했다.

현재 아프가니스탄은 내전 중인 국가다. 당연히 정부에서 허가하지 않는다.

그래서 한 번은 비행기를 취소했더니 선교를 위해 목숨을 걸었다면서 유언장까지 작성하고 공항에 가서는 인증 사진까지 찍어 댔다. 그래 놓고 거기서 선교한다고 깝치다가 반군에게 납치당해서 살려 달라고 난리를 피우고 있는 것이다.

"그냥 가서 죽으라고 해요."

"그건 좀 그렇구나."

"아니, 정부에서 가지 말라고 말렸으면 된 거지, 뭘 더 어쩌라고."

"그래도 사람 목숨이 우선이지."

노문성은 그래도 안타까운 목숨이 죽어 나가는 게 불쌍하다고 생각하는 모양이었다.

"형진아, 넌 어떻게 생각해?"

"응?"

"이번 사태 말이야."

"뭐, 자초한 거지. 근데 사람 목숨이 중요하긴 하지."

"그래서 뭐, 어떻게 해야 한다는 거야?"

"간단해. 우리가 아니라 만구파에서 협상해야지. 안 그래?"

"헤, 역시 변호사다 이건가?"

"이건 상식이거든?"

노형진은 그렇게 말하면서 다시 텔레비전에 시선을 돌렸다. 한 명이 참수되었다는 소식이 나오면서 텔레비전은 아주 시끄러워졌다.

'쯧쯧쯧.'

노형진은 그저 혀를 찰 뿐이었다.

⚖

"네?"

시간이 지나 그 사건이 잊혀 갈 때쯤 노형진은 그를 찾아온 사람에게 귀를 의심할 만한 소리를 들어야 했다.

"뭐라고요?"

"정부에서는 이번 일을 새론에 의뢰하려고 합니다."

"왜 하필 저희한테?"

"새론이 보여 주는 수많은 행동들이 바르다고 생각해서입니다. 그리고 이번 사건을 충분히 이길 수 있다고 생각하고 있기도 하고요."

"제가 아니더라도 누구나 이길 수 있을 것 같은데요?"

노형진은 생각지도 못한 의뢰에 깜짝 놀랐다. 의뢰인이 대한민국 정부인 데다 정부를 고소한 대상이 만구파였기 때문이다.

그들은 정부가 제대로 막지 못해 엄청난 피해를 입었다면서 대한민국 정부에 손해배상을 청구했다.

그 얘기를 들은 노형진은 이렇게 중얼거리기까지 했다.

'과연 병신의 끝은 어디인가.'라고 말이다.

하여간 정부에서 소송을 막아야 하는 상황이다. 그래서 그 변호사로 새론을 선정한 것이다.

"솔직히 의외군요. 정부에는 법인이 따로 있다고 알고 있는데요?"

사람들은 잘 모르지만 정부가 바뀌면 그 정부와 가까운 로펌이 있기 마련이다.

그러다 보니 정부에서 무슨 문제가 생기면 당연히 그 로펌이 거의 싹쓸이하다시피 해서 사건을 담당한다. 그런데 난데없이 새론을 선정하다니 의외였다.

"물론 있습니다. 그런데 이번에는 맡길 수 없다고 생각합니다."

"어째서요?"

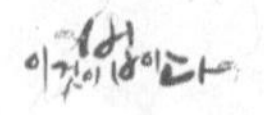

담당자는 잠시 조심하는 듯 주변을 둘러보더니 고개를 숙여서 최대한 얼굴을 가까이 하고 조용히 말했다.

"그 로펌의 대표 변호사가 만구키드로 분류됩니다."

"아아!"

만구키드 만민구원파에서 돈을 주고 키워 낸 인간들. 그들은 여기저기 자리를 잡고 만구파를 위해 일하고 있었다.

"만일 그들에게 맡기면 아마 사건 자체가 그들에게 유리하게 돌아가겠지요."

"그렇겠군요."

다른 곳도 아닌 만구파라면 그 정도 능력은 된다. 그런데 그다음 말은 더욱 생각지도 못한 말이었다.

"그리고 이번에 대한민국 정부에서는 그들에게 구상권을 청구하려고 합니다."

"구상권을요?"

"네, 이번에 지급된 자산은 그들이 내야 하는 게 맞습니다. 그런데 자신들은 내지도 않았으면서 이제 와서 정부 책임이라면서 고소하는 게 제정신인 건 아니잖습니까? 그래서 이번에 대한민국 정부에서 구상권 청구를 통해 그들을 징계하려 합니다."

그 말에 노형진은 깜짝 놀랐다.

'어디서 바뀐 거지?'

이건 원래 있었던 사건이지만 그때는 만구파에 구상권을

청구하지 않았다. 그 덕분에 만구파는 급속도로 성장할 수 있었다. 그런데 구상권 청구라니?

"의외인가 보군요?"

"네, 의외입니다, 솔직히."

구상권 청구를 한다는 것, 즉 그들을 구출하기 위해 들어간 돈을 돌려 달라는 것은 만구파가 종교인 이상 문제가 많다. 분명 한쪽에서는 종교 탄압이라고 말이 나올 게 뻔하니까.

"그래서 기존 라인이 아닌 새론과 거래하려고 하는 겁니다. 만구파가 얼마나 있는지, 어느 정도 위력이 있는지 알 수가 없으니까요. 하지만 새론은 벌써 만민구원파와 여러 번 싸운 곳입니다. 당연히 그들에게서 가장 안전한 곳이라는 뜻이지요."

"아하!"

노형진은 잘 모르겠지만 사실 원래 역사에서 만구파가 구상권을 청구받지 않은 것은 여기저기 포진해 있던 만구키드들의 힘 덕분이었다.

그러나 이번 역사에서는 노형진과 여러 번 부딪쳐 그 힘을 상당 부분 잃어버렸고 국민들도 종북 종교라는 이미지를 가지게 되어 만구키드들이 꼬리를 말고 숨어 버린 덕분에 전처럼 구상권 청구를 막을 곳이 없어졌다.

"그러니까 우리가 만구파와 사이가 안 좋은 게 우리를 선발한 이유라는 거군요."

"솔직히 말하면 그렇습니다. 그리고 일단 상대방이 종교라는 점에 대해서도 다른 곳들은 부담스러워하더군요."

"그럴 수밖에요."

종교는 뒷말이 나올 수밖에 없다. 더군다나 만구파처럼 극단적으로 사이비성을 가지는 종교는 더욱더 위험하다. 누구 한 명이 미쳐서 죽이겠다고 날뛸 수도 있는 탓이다.

"그럼 한 가지만 묻죠. 도대체 얼마를 준 겁니까?"

"그건……."

"어차피 구상권을 청구하려면 공개해야 합니다. 얼마나 준 겁니까?"

원래 역사에서는 드러나지 않은 금액.

담당자는 잠시 고민하다고 천천히 입을 열었다.

"600억입니다."

그 소리를 들은 노형진은 어이가 없어 말이 나오지 않았다.

"600억이라고요?"

"네."

"600억?"

"네."

"미친 거 아닙니까?"

"하아……."

"미국에서 탈레반을 터는 데에 들어간 돈이 500만 달러, 즉 우리나라 돈으로 53억입니다. 그런데 600억 원?"

"네."

"돌았군요."

미국에서 해당 지역 군벌 중 한 곳에 500만 달러를 주어 탈레반을 말 그대로 박살 내 버린 일이 있었다.

그런데 그 열 배가 넘는 돈을 준 것이다.

"그냥 두지 그러셨습니까?"

"그러고 싶지만…… 끌려간 여자들이 매일 강간당한다고 해서……."

"아니, 씨발, 자기들이 간 거잖아요. 위험하다고 티켓 취소하고 붙잡고 나중에는 전용기까지 보내서 데리고 오려 했는데도 자기들이 간 거잖아요? 그런데 왜?"

"대통령님이 마음이 약하잖습니까."

"젠장!"

현 대통령은 다 좋은데 너무 이상주의자였다. 그 바람에 좋은 일을 하면서 좋은 꼴을 못 봤다. 끝까지 적들을 포용하려고 했기 때문이다.

"결과적으로 뒤통수까지 맞고 여론이 안 좋아져서요."

"그렇겠지요. 미국에서는 뭐라고 안 합니까?"

"안 하겠습니까? 지금 미국에서 길길이 날뛰고 난리가 났습니다."

미국은 탈레반을 박멸하기 위해 상당 기간 노력하고 있었다. 그런데 무려 600억을 준 것이다. 600억은 탈레반이 못해도 2년은 버틸 수 있는 돈이다. 당연히 목숨 걸고 싸우고 있는 미군의 입장에서는 환장할 노릇일 수밖에 없다. 그 돈이 무기가 되어 자신들에게 날아올 것이 뻔하니 말이다.

"그래서 여론을 잠재우기 위해서라도 구상권 청구를 하기로 했습니다."

"내가 이래서 종교는……."

믿는 건 좋다. 하지만 최소한 남에게 민폐를 끼치면 안 된다.

하물며 탈레반이 점령한 아프가니스탄은 이슬람 근본주의자 지역이다. 이게 무슨 뜻이냐 하면 이슬람에서는 포교하는 것 자체가 살인에 준하는 범법 행위라는 것이다. 흔히 말하는 '한 손에는 코란, 한 손에는 칼'조차 있을 수 없다. 이슬람 교리에 따르면 이슬람교를 표교하는 것조차 금지이기 때문이다. 그런데 거기에 포교하러 갔다니.

'죽으려고 환장한 거지.'

탈레반이 아닌 다른 조직을 만났다면 그 자리에서 바로 살해당했을 수도 있다.

다른 나라의 종교 단체가 그곳에서 포교가 아닌 지원 활동을 하는 데에는 다 이유가 있는 것이다.

"가능할까요?"

"하게 만들어야지요."

가는 건 좋다. 좋은 일을 하는 것도 좋다. 하다못해 의료 지원이라도 하다가 잡혀 간 거라면 이해라도 하고 심적으로 동조해 줄 수도 있다.

하지만 이건 너무하다 싶었다.

"그 사건, 우리가 담당하도록 하지요."

"너무 위험한데요."

그런데 의외로 태클을 걸은 사람은 다름 아닌 고문학이었다. 다른 변호사도 아닌 정보 담당 팀을 이끌고 있는 고문학이 그런 소리를 하자 다들 고개를 갸웃할 수밖에 없었다.

"무슨 말씀이신지?"

"여러 가지 정보가 들어옵니다. 특히 만구파에서 사람을 풀었다는 소문도 들려옵니다."

"사람을 풀었다?"

"네, 그들에게도 정보 라인이 있으니까요."

"그건 그렇지요."

만구파에 속한 만구키드들이 꼬리를 말고 숨었다고 하지만 그건 적극적으로 힘쓰지 않는 것일 뿐이다.

"저쪽에서는 구상권 청구를 막으려고 여기저기에 협박하고 다니는 모양입니다."

"그런데 왜 우리한테는 안 했지요?"

"할 리가 없죠. 우리와는 사이가 좋지 않으니까요. 설사

한다고 해도 우리가 들어줄 리도 없구요."

"흠……."

어쩐지 일면식도 없는 정부가 의뢰하는 게 이상하다고 생각했다. 그런데 협박이라니?

"아시다시피 만민구원파는 광신도 집단입니다. 제정신이 아니에요. 경찰에서도 여전히 조사 중이지만 알 수 없는 실종 사건이 내부에서도 적지 않습니다."

"음……."

종교 단체 내부에서 알 수 없는 실종이라는 것은 알력 다툼으로 인한 살인인 경우가 많다. 특히 사이비 종교가 그런 성향이 강하다.

"그런데 협박하고 다닌다?"

"만구파의 세력이 엄청 줄었으니까요."

과거에 거대한 기업 몇 개를 가지고 있던 만구파다. 그로 인해 미래의 그 비극적인 일이 벌어졌다.

"뭐, 그래서요."

"네?"

"성화와도 싸우는데 거기랑은 못 싸우겠습니까?"

하지만 노형진은 거리낌이 없었다.

한번 죽어 봤다. 그렇지만 그 죽음이 노형진의 신념을 꺾지는 못했다. 도리어 신념을 강하게 만들었다.

'내 신념이 맞으니까 돌려보낸 것이겠지.'

그렇다면 그가 죽는 건 목숨을 잃어버리는 순간이 아닌 신념이 무너지는 순간일 것이다.

"막말로 600억이 있으면 우리나라에서 굶는 수많은 아이들을 도울 수 있습니다."

"……."

사람들은 우리나라에서 굶는 사람이 없다고 생각한다. 하지만 그런 사람은 널리고 널렸다.

"나도 노 변호사의 말이 맞다고 생각하네. 우리는 변호사야. 상대방이 위험하다고 도망친다면 그건 변호사가 아닌 양아치겠지."

송정한은 걱정하면서도 노형진의 편을 들었다.

"맞습니다."

남상주 변호사도 그의 편을 들자 고문학은 더 이상 이들을 말릴 수가 없었다.

"그렇게까지 말씀하신다면…… 하는 수 없군요. 정보 라인을 좀 더 돌려 보겠습니다."

"필요하시면 더 충원해도 됩니다."

송정한이 말하자 고문학은 고개를 끄덕거렸다.

"어차피 회사가 커지는 바람에 일이 훨씬 많아졌습니다. 더 충원해야 할 듯합니다."

정보 라인이라고 해서 비밀 정보나 알려지지 않은 이야기만 다루는 건 아니다. 그외에도 과연 현장에서 그런 일이 가능한 것인가에 대한 조사를 하고 있었다. 그래서 의외로 많은 인원이 필요했다.

"그럼 일단은…… 어떻게 해야 할 거라고 생각하나?"

"일단 방어전부터하고 시작하지요. 어렵지 않을 테니까요."

말도 안 되는 헛소리다. 잘못은 자기들이 해 놓고 국가에 책임을 묻겠다니.

"잘해 보게."

"걱정하지 마십시오. 다른 건 몰라도 이건 꼭 이길 테니까요."

노형진은 화가 난다는 듯 서류를 보면서 중얼거렸다.

⚖

"개정합니다."

시작되는 재판.

노형진은 상대방을 보고 솔직히 의외라고 생각했다.

'청계가 아냐?'

만구파의 청계는 만구파의 사세 확장에 일조했다. 당연히 청계가 올 거라 생각했는데 의외로 변호하러 온 사람이 청계가 아닌 일반 변호사였던 것이다.

'하긴 이번 사건을 청계가 준비했다고 하기에는 좀 어이가 없지.'

청계는 치밀하게 움직인다. 그러니 아무리 생각해도 이기지 못할 이번 사건에 끼어들려고 할 리가 없다.

'그렇다면 만구파의 그 선지자인지 뭐인지 하는 놈이 독단적으로 벌인 일이라는 뜻이군.'

그렇다면 좋은 일이다. 공고했던 만구파와 청계의 사이가 틀어지기 시작했다는 뜻이리라.

'하긴 그건 피할 수 없는 일이겠지.'

만구파는 청계의 지도를 받아 만구키드를 만들어서 세력을 넓혀 왔을 것이다. 그런데 그 세력이 충분하다고 생각되니 청계에게 끌려가기가 싫어지는 건 당연한 일.

반대로 청계는 만구파가 자신들 아래서 나가 버리면 만구키드들에게 영향력을 행사할 수 없게 된다. 당연히 그 둘은 충돌할 수밖에 없다.

"친애하는 재판장님."

상대방 변호사는 자신들이 무슨 피해를 입은 것처럼 우울한 얼굴로 자리에서 일었다.

"우리나라는 민주주의국가입니다. 국가란 무엇이냐? 그것은 국민을 보호하는 것입니다. 하지만 슬프게도 우리나라는 그게 제대로 되어 있지 않습니다. 이번 사태로 인해 무려 두 명이 죽었습니다. 그리고 살아남은 사람들은 정신적으로 심각한 정신 질환을 가지게 되었습니다. 조선 시대에는 여우가 늙은 존로의 닭을 훔쳐 가는 것도 왕의 책임이라 했습니다. 국가로서 국민에 대한 보호를 제대로 하지 않은 점은 돌이킬 수 없는 잘못을 한 것입니다. 그러므로 저희 만민구원회에서는 그 책임을 물어서 정부에 36억의 손해배상을 청구하는 바입니다."

말은 참 번지르르하게 하는 만민구원회 측 변호사였다. 하지만 조금만 상식적으로 생각해도 그건 말이 되지 않는 소리였다.

"결국 책임의 한계라는 게 있기 마련입니다. 물론 조선 시대에 그런 말을 했던 기록은 있습니다. 그러나 그것은 그만큼 국가와 국왕의 책임이 막중하다는 뜻입니다. 애초에 손해배상이라는 것은 불법행위나 부작위로 인해 어떠한 것이 이루어지지 않았을 때 부여되는 것입니다. 하지만 이번 사태에서 대한민국 정부는 어떠한 불법행위도, 부작위도 하지 않았습니다. 그런데 어떻게 손해배상의 의무가 발생하겠습니까? 따라서 원고 측의 주장은 지극히 비상식적이고 부당한 주장이라고 할 수 있습니다."

애초에 손해배상에는 명확한 조건이 있어야 한다.

그러나 노형진이 봤을 때 이번 사건에서는 그런 일이 없었다. 그런데 무슨 배상을 한단 말인가?

그러나 상대방도 호락호락하게 물러나지 않았다.

"재판장님, 그런 식으로 이야기한다면 끝이 없습니다. 분명 불법행위는 없었습니다. 그러나 부작위는 분명 존재합니다. 국가는 어떻게든 국민을 지켜야 합니다. 그런데 결과적으로 국민을 지키지 못했습니다. 생각해 보십시오. 국가가 국민을 지키지 못하는데 국민 중 누가 국가를 위해 노력하겠습니까?"

지극히 추상적인 말이다. 노형진은 그걸 보고 상황을 알아차렸다.

'저거 개새끼네.'

개새끼. 그건 노형진이 사기꾼에 가까운 변호사들을 욕할 때 쓰는 말이다. 그들은 이 사건에서 이길 수 없다는 걸 알면서도 의뢰인에게 이길 수 있다는 식으로 말한다. 그러고는 변호사비를 받고 대충 일하는 것이다.

승소 비용은 못 받지만 그 변호사비 역시 적은 게 아니다 보니 짭짤하게 수익이 남아, 그런 짓을 하는 변호사들이 은근히 많았다.

'길게 끌 필요도 없겠군.'

이럴 때는 저쪽에서 공격해 오는 걸 기다릴 이유가 없다. 저런 변호사들의 대부분이 공격자의 입장임에도 불구하고 거의 준비해 오지 않다 보니 그 근거가 부족하기 때문이다.

그래서 차라리 미리 공격해서 그 밑천을 드러내는 것이 더 빠르고 효과적이었다.

"그렇다면 피고 측에게 묻겠습니다. 원고 측, 그러니까 이 나라의 정부가 하지 못한 부작위를 구체적으로 언급하여 주십시오."

"네?"

"부작위가 뭔지 정확하게 말해 달라는 말씀입니다."

부작위란 뭔가를 해야 할 의무를 가진 사람이 그걸 하지 않는 걸 말한다. 그런데 그런 게 있을 리가 없다.

"당연히 국가가 국민을 지키기 위해 할 수 있는 모든 행동을 하지 않았지요. 하지 않은 걸 어떻게 증명할 수 있겠습니까?"

"그래요? 전 다르게 생각합니다. 국가에서는 어떻게든 막으려고 했습니다. 첫 번째 시도가 경고였고 두 번째 시도가 여행 티켓 취소였습니다. 세 번째에서는 전용기를 보내서 돌아오라고 했지요. 이 이상 어떻게 하라는 말씀이십니까?"

"그거야……."

사실 이 정도만 되어도 할 수 있는 건 다 했다고 봐야 한다.

"당연히 군대를 보내서 선교사들을 지켜 줬어야지요."

"그게 말이 된다고 생각합니까? 군대가 타국에 무단으로 진입하면 실질적으로 전쟁 상태에 들어간다는 걸 이해하지 못하시겠나요?"

"……."

이유야 어찌 되었건 한 나라의 군인이 다른 나라에 진입하는 것은 여러모로 문제가 될 가능성이 많다. 설사 그것이 구출 작전같이 상식적으로 인정될 만한 이유가 있다고 해도 말이다.

하물며 이슬람 국가에 포교하러 가는 사람들을 국가 차원에서 보호한다?

"대한민국은 종교의 자유가 있는 나라입니다. 당연히 국가가 나서서 보호해야 합니다."

"맞습니다. 대한민국은 종교의 자유가 있는 나라입니다. 그리고 아프가니스탄은 종교와 정치가 일치된 국가이며 국교는 이슬람교입니다. 이런 나라에서 포교하면 무슨 일이 일어날까요?"

"그거야……."

바보가 아니고서야 국교가 있는 나라에서 포교하는 행동이 무엇인지 모를 리 없다.

"해당 국가에 대한 명백한 내정간섭을 저지른 게 됩니다. 안 그렇습니까?"

"그거야……."

국교가 있는 나라란 말 그대로 그 종교가 그 나라의 중심이라는 뜻. 그걸 없애려고 했다는 것 자체가 심각한 문제가 된다.

"음……."

그쪽 변호사는 한참 생각하고 나서야 간신히 대답했다.

"내정간섭이란 말 그대로 국가 간의 분쟁입니다. 우리 같은 약소한 종교 집단과는 아무런 관련도 없습니다."

"네, 말씀하신 대로 내정간섭이라는 것은 국가 간 분쟁입니다. 그리고 작은 사설 집단과는 아무런 관련도 없지요."

의외로 순순히 그 변호사의 말에 수긍하는 노형진. 그러나 그게 상대방을 편들어 주는 것은 아니었다.

"말씀하신 대로 저쪽은 작은 집단입니다. 그리고 국가의 공인을 받지 않은 개별적 사설 집단이 타 국가에 무력 및 기타 심리 전단을 동원하여 분쟁을 유발시키는 경우, 그것을 일반적으로 뭐라고 하는지 아십니까?"

"네?"

"테러라고 하지요, 아마?"

상대방의 변호사는 등골이 오싹했다.

'당했다.'

지금까지 절묘하게 방어한다고 생각했는데 어느 순간 자신들이 테러와 연관되고 있었다. 물론 과거라면 문제가 없다. 그러나 지금은 지극히 문제가 될 일이다.

"제 기억이 맞는다면 만민구원파는 얼마 전에도 테러 행위를 했고 여전히 그에 대한 수사가 진행 중인 것으로 알고 있는데요. 아닙니까?"

"……."

이게 문제다. 미군에 대한 습격 미수 사건으로 인해 만민구원파는 여전히 테러 단체로 의심받고 있는 상황이다. 그런데 이 상황에서 종교 활동을 테러로 몰고 가다니.

"그건 비약입니다! 그건 단순한 종교 활동이었단 말입니다!"

"만일 누군가 만민구원파의 기도 시간에 들이닥쳐서 불경을 왼다면 당신들은 어떻게 할 겁니까? 단순한 종교 활동이라고 놔둘 겁니까?"

"그거랑 이게 같습니까?"

"그럼 뭐가 다르다는 거지요? 그쪽도 이슬람 국가로, 실질적으로 전 영토가 이슬람 영역권입니다. 영역권에 타 종교 집단이 들어가서 포교하는 게 누군가가 당신들의 기도 시간에 들어와서 불경을 외우는 거랑 뭐가 다르다는 겁니까?"

"거기는 남의 영토고!"

"네! 남의 영토죠! 그런데 왜 그 나라에 대한민국의 법을 요구합니까? 그 나라에서는 포교 활동이 불법인 거 몰라요?"

방어하는 것마다 막히자 변호사는 할 말이 없었다.

"자, 자! 그만! 이제 그만들 하시고!"

심지어 판사도 그를 한심하게 바라보다가 끝낼 정도였다.

"피고 측, 이거 아무리 말해도 말도 안 되는 사항인 거 아시죠?"

"그거야……."

"이 사건은 기각합니다."

"……!"

패소도 아닌 기각이라는 말에 피고 측 변호사는 눈을 크게 떴다.

"재판장님!"

"다음 재판, 시작하겠습니다."

"이건 종교 탄압입니다!"
노형진은 코웃음이 나왔다.
'자기들이 조금만 불리하면 종교 탄압이라지?'
애초에 이건은 성립될 가능성이 거의 없는 사건이었다. 단지 변호사가 돈 욕심을 낸 것뿐이다. 그러니 그 결과는 애초부터 뻔했다.
"재판장님!"
"피고 측, 퇴정하지 않으면 법정 소란 죄로 체포하겠습니다."
그들이 싸우든 말든 노형진은 바깥으로 나왔다. 그러자 그곳에는 담당자가 서 있었다.
"수고하셨습니다."
"수고랄 게 있나요, 애초에 이건 성립되지 않는 거였는데."
"그러기는 하지만요."
원래 역사에서도 이건 기각되었다. 만구키드가 아무리 애써도 안 되는 건 변함없기 때문이다.
문제는 구상권 청구.
"그 부분은 좀 문제가 됩니다. 아무래도 판례가 없으니까요."
"음……."
과연 국가에서 국민을 보호하기 위해 쓴 돈이 구상권의 청구 대상이 될 것인가는 판례가 없다. 그래서 문제가 될 가능성이 많았다.
'그러니 원래는 청구도 안 했겠지.'

확실하게 돈이 된다면 아무리 만구키드들이 노력한다 해도 청구했을 것이다. 하지만 확실하지 않은 데다 만구파의 로비로 인해 취소되었다.

"뭐, 그 부분도 문제지만 더 큰 문제는 그다음이군요."

"어떤?"

"'과연 만구파에서 줄까?'라는 거죠."

걱정스럽게 말하는 담당자.

하긴 설사 민사를 한다고 해도 만구파에서 줄 리가 없다. 그렇다면 정부의 입장이 곤란해진다.

"그 부분은 걱정하지 마십시오."

"네?"

"뭐, 이기기만 한다면 확실하게 받아 낼 방법이 있으니까 걱정하지 마시라고요. 하하하하."

하지만 노형진은 그 부분에 대해서는 확실하게 자신이 있었다.

"이기기만 하면 됩니다. 이기기만 하면."

다만 그게 확실하지 않을 뿐이었다.

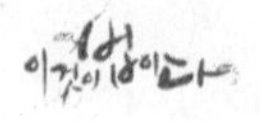

공공의 목적이란

"역시 저 녀석들이네."

"그렇지요?"

노형진은 재판정으로 출정하면서 고개를 흔들었다.

지난번 사건은 아마도 만구파의 그 선지자라는 인간이 독단으로 한 모양이었지만 이번에는 그게 아닌 것이 확실했다.

"짜증 나는 새끼들."

함께 변호하게 된 송정한은 이를 빠드득 갈았다. 그들의 눈앞에는 청계의 변호사들이 있었다.

"당연하다면 당연한 겁니다."

지난번 사건은 그 선지자라는 놈이 돈 욕심에 눈이 어두워서 한 소송인 반면 이번에는 청계가 스스로 방어하기 위한 소송이다.

청계의 입장에서는 사이가 좀 틀어졌다 해도 여전히 쓸 만한 패 중 하나인 만민구원파가 무너지는 걸 두고 볼 수는 없었던 것이다.

"그나저나 대표님이 직접 나서시다니 의외네요."

"금액도 금액이고 의뢰인이 특별하잖나."

"하긴요."

다른 곳도 아닌 정부다. 그것도 금액이 600억짜리인 사건.

"이번에 지면 우리가 좀 고달플 거야."

"그거야 뭐, 어떻게든 되겠지요."

물론 노형진은 질 생각이 없었지만 말이다. 하지만 그건 청계 녀석들 역시 마찬가지였다.

"여! 새론의 애송이들 아닌가?"

"애송이?"

"그래, 애송이들이지. 후후후, 세상 물정 모르는."

청계는 점점 새론과 사이가 틀어지면서 그들을 비하하고는 했는데 그때마다 쓰는 단어가 애송이였다.

기존의 질서 중 그릇된 것을 타파하고 공평한 법률 서비스를 지원하는 특성상 새론이 이미 자리를 잡은 사람들의 지지를 받지 못해 소속된 변호사들이 대부분 애송이라 불릴 정도로 신입이거나 자리를 잡지 못한 상황인 데다 새론의 3대 중추 중 한 명인 노형진 역시 활동 기간이 무척이나 짧은 애송이급 변호사이기 때문이다.

그래서 그들은 새론을 애송이라고 놀리고는 했다. 물론 노형진은 그 말에 휘둘릴 사람이 아니었다.

"뭐, 그래도 애송이는 발전 가능성이라도 있지요. 요즘 경찰서 정모는 잘하고 계십니까?"

"뭐? 이 새끼가!"

"아니, 제가 뭐라고 했나요?"

노형진 역시 그들을 비웃고는 했는데 그중 하나가 바로 경찰서 정모다. 그들의 수익 모델이 대부분 가진 자와 범죄자들의 보호에 있다 보니 일단 사건이 들어오면 경찰서로 매일같이 출근하는 탓이다.

"집사 노릇하랴 변호사 노릇하랴 힘드실 텐데 말이지요."

"뭐라고?"

"진짜 죽을래?"

다른 말에는 냉철하게 버티던 그들도 집사 변호사라는 말에 발끈하는 모습을 보였다.

그럴 수밖에 없다. 집사 변호사란 말 그대로 감옥에 있는 부자들이나 범죄자들과 만나면서 그들의 시다바리나 하는 변호사를 뜻하는 것인데, 변호사들 사이에서는 인정받지도 못하는 쓰레기들인 경우가 많다.

문제는 그런 사건이 많이 들어오는 청계의 특성상 그때마다 청계에서는 당연히 집사 변호사들을 보내 그들의 생활을 보조하기에 집사 변호사 노릇을 해 본 경험이 있는 대부분의 청계 출신들이 그에 대해 심각한 자격지심을 가지고 있다는 점이다.

'멍청하기는.'

노형진이 그들을 비웃는 건 집사 변호사를 해서가 아니다.

어찌 되었건 그 노릇도 법을 이용해서 하는 것이다. 그렇다면 설사 그게 좋아 보이지 않는다 해도 의뢰인의 이득을 위해 감수해야 하는 게 변호사다. 그런데 그에 발끈한다는 건 그들 자신조차도 부끄러워한다는 것.

'그런 정신으로 무슨.'

노형진은 더 이상 말하지 않고 고개를 돌렸고 송정한은 그런 그들을 보면서 대신 마무리를 지었다.

"이번에는 쉽게 못 끝날 겁니다."

"과연 너희들이 우리를 이길 수 있을까? 그리고 송정한, 너는 그만두고 나서부터 점점 간땡이가 부어 가는 것 같다?"

"저, 원래 간땡이 부었습니다. 안 그렇습니까?"

"쯧쯧, 저러다가 막판에 후회하지."

그중 한 명이 비웃는 얼굴로 송정한을 바라보다가 안으로 들어갔다.

송정한은 그들이 들어간 입구를 바라보다가 호흡을 가다듬으면서 분노를 삼켰다.

"저 녀석은?"

"서울중앙지법 출신이다. 아무래도 제대로 준비해 온 모양인데?"

"좋지 않군요."

재판 장소는 서울중앙지법. 그리고 상대방은 그곳 출신.

"대놓고 전관이군요."

'그래야 하니까.'

"하긴."

무려 600억이다. 그러니 저쪽에서도 사력을 다할 수밖에 없다.

"들어가도록 하지. 이딴 재판, 빨리 끝내고 싶군."

"그러지요."

노형진은 고개를 끄덕이면서 가방을 들었다.

"한번 기대해 보도록 할까요, 그럼?"

⚖

"개정합니다."

드디어 시작된 재판.

노형진은 재판정을 가득 메운 사람들의 시선을 보면서 부담을 느낄 수밖에 없었다.

'이건 생각보다 많잖아?'

시작할 때부터 언론에서 관심을 가질 거라는 사실은 알고 있었다. 하지만 실제로 와 보니 그의 예상보다 더 많은 사람들이 재판정을 메우고 있었다.

'하긴.'

희대의 병신 같은 삽질로 인해 무려 600억이나 되는 돈을 줘야 했다. 게다가 거기에 들어간 예산은 그것보다 훨씬 많았다.

"친애하는 재판장님, 피고 측은 국가 단체도, 인권단체도 아닌 선교 단체입니다. 즉, 종교 단체라는 것입니다. 피고 측은 정부의 만류에도 불구하고 선교하는 것을 목적으로 아프가니스탄으로 떠나는 등 국가의 안전 권고를 무시한 채로 안하무인으로 행동하였습니다. 그로 인해 인질로 사로잡혀 무려 600억에 달하는 막대한 돈을 정부가 대신 주고 나서야 풀려났습니다. 그럼에도 불구하고 반성조차 아니한 채로 지금도 자신의 정당성만을 주장하고 있습니다. 예산이라는 게 무엇입니까? 국민들의 피땀 어린 노력에 따른 세금으로 만들어지는 것입니다. 당연히 예산에 의한 혜택은 국민 모두가 누려야 합니다. 그런 숭고한 돈이 피고 측의 무단 행동으로 인해 테러 단체에 지급되었습니다. 그럼에도 불구하고 피고 측은 반성도 아니한 채로 얼마 전에도 국가를 대상으로 손해배상 청구 소송을 진행하는 등 그 뻔뻔함이 극에 달하고 있습니다. 그러한 행동을 하는 피고들은 명백하게 대한민국과 국민들에게 피해를 입힌 상황이므로 그 피해를 배상할 의무가 있다 할 것입니다."

노형진의 말에 청계 측 변호인은 담담하게 일어나서 말하기 시작했다.

"친애하는 재판장님, 국가란 국민을 보호해야 하는 집단입니다. 또한 이번 사건의 피해자들 역시 국민임은 틀림없는 사실입니다. 소방관이 불을 껐다고 그 피해자에게 돈을 받나요? 아니면 경찰이 도둑을 잡았다고 피해자에게서 돈을 받습니까? 그렇지 않습니다. 그건 왜 그럴까요? 그건 그들이 국민이기 때문입니다. 국민에게 구조의 책임을 묻는다는 것은 국가가 자신의 임무를 방치했다는 것을 증명하는 행동입니다. 피고들은 죄가 없습니다. 그저 자신의 신념을 행하던 중에 일이 잘못되었을 뿐입니다. 그런 그들에게 구상권을 청구하는 것은 잘못된 일입니다."

'그럴듯하기는 하네.'

일견 그럴듯해 보이는 변호, 아니 변명이다.

하지만 생각해 보면 저들의 말에는 오류가 있다.

그건 다름 아닌 그들이 피해자가 아닌 가해자라는 것.

"더군다나 피고 측은 의료봉사를 하기 위해 떠난 것입니다. 그들의 행동이 잘못되었다면 그건 아픈 사람을 방치한 아프가니스탄 정부의 행동에 있습니다. 그들은 그저 순수한 마음에 아픈 사람들을 구하고 돕기 위해 출발한 것입니다. 그러니 그 책임을 물을 수는 없다고 생각합니다."

그 말을 듣던 노형진은 한숨이 나왔다.

“친애하는 재판장님, 저들은 허황된 주장을 하고 있습니다. 저들의 여행 목적은 누가 봐도 의료 지원이 아닌 선교였습니다.”

“의료 지원이 맞습니다. 그들은 해당 지역의 아픈 아이들에게 의료 지원을 하기 위해 간 것입니다.”

“그래요? 어떤 증거가 있습니까?”

“이에 해당 인원들이 의료 지원을 하러 갔다는 증거를 제출합니다.”

그들의 손을 떠나서 판사와 노형진에게 전달되는 서류. 거기에는 그들이 가지고 갔다고 하는 여러 가지 의약품들의 이름이 적혀 있었다.

하지만 꼼수가 뻔하게 보였던 노형진은 그걸 보면서 혀를 끌끌 찼다.

‘원래도 그랬지, 아마?’

원래 역사에서도 저들은 자신들이 불리해지자 의료 지원이었다면서 온갖 거짓말로 사람들을 속이려고 했다.

그리고 실제로 그 말에 속아서 의료 지원을 간 사람들에게 너무한 거 아니냐고 말하는 사람들도 있었다. 하지만 그 실상은 너무나 뻔했다.

“보다시피 가지고 간 의약품의 종류만 해도 무려 40종이나 됩니다.”

청계의 변호사는 그걸 보여 주면서 말했다.

확실히 목록에는 여러 가지 의약품들의 이름이 있었다. 하지만 노형진은 속지 않았다.

"재판장님, 이 약의 정확성을 판단하기 위해 약사님을 증인으로 신청합니다."

"약사?"

"약사라니?"

뜬금없는 말에 기자들은 고개를 갸웃했다. 이 상황에서 왜 약사가 등장한단 말인가?

하지만 노형진은 저들이 어떤 방어 전략을 가지고 나올지 알고 있었기에 그걸 깨기 위해 약사를 미리 준비해 둔 상태였다.

아니나 다를까, 설마 바로 그 자리에서 약사가 나올 거라 생각하지 못한 청계는 당황한 눈치였다.

"음…… 약사라……."

얼마나 전격적이고 의외였는지 판사조차 당황한 얼굴. 하지만 그걸 막을 이유는 없었기에 판사는 고개를 끄덕거렸다.

"인정합니다."

"약사님, 앞으로 나와 주십시오."

그 말에 앞으로 나오는 한 남자. 그는 하얀 약사 가운을 입은 채로 증인 선서를 하고는 자리에 앉았다.

"자기소개 부탁드립니다."

"에…… 권만성이라고 합니다. 이 법원 앞에서 약국을 운영하고 있습니다."

"증인은 저희에 대해 아십니까?"

"전혀요. 그냥 오늘 아침에 노 변호사님이 오셔서 증언해 달라고 부탁했을 뿐입니다."

"이 사건에 대해서는 아시죠?"

"모르면 대한민국 사람이 아니죠."

"좋습니다. 그럼 증인께서는 이 약들을 아십니까?"

그 약들을 보던 약사는 고개를 끄덕거렸다.

"다 아는 약들입니다."

"그럼 이걸 목적에 따라 분류해 주실 수 있습니까?"

"그러지요."

종이를 받아 든 약사는 하나씩 약들을 분류하기 시작했다. 채 10분이 지나지 않아 약들은 모조리 꼬리표를 붙인 채로 분류되었다.

"총 네 개의 집단으로 분류하셨군요. 설명 부탁드립니다."

"에…… 이쪽은 소화제입니다. 말 그대로 소화를 촉진시키는 것이지요. 그리고 이쪽은 진통제입니다. 그리고 이쪽은 지사제입니다."

"지사제요? 지사제에 대해 잘 모르는데 설명 좀 부탁드립니다."

"아, 보통은 설사약이라고 하죠. 어떤 이유에서든 발생한 설사를 멈추게 하는 약입니다."

"아, 설사약이군요. 그럼 다음은?"

"이쪽은 소독약 계열입니다."

"소독약 계열요?"

"네, 일종의 상처에 바르는 약들입니다. 빨간약이라고 부르는 요오드 용액부터 알코올 같은 것들이죠. 뭐, 요즘은 바르는 약도 종류가 많아서 하나로 묶었습니다."

종류별로 분류한 목록들. 노형진은 그걸 물끄러미 바라보다가 그 약사에게 대놓고 물었다.

"그래서요. 이 약들은 어떤 겁니까?"

"일반적으로 약국에서 살 수 있는 겁니다."

"일반적으로 살 수 있는 것?"

"네, 의사의 처방전 없이도 약국에서 살 수 있는 것들이죠. 뭐, 그러다 보니 성능이 아주 좋은 건 아닙니다만."

"그럼 이걸로 해외 취약 지역에 의료봉사를 갈 수 있을까요?"

"그거야……."

힐끗 피고 측을 바라보던 약사는 조심스럽게 중얼거렸다.

"될지도요?"

"될지도?"

"일단 한국인들은 약을 많이 먹어서 효과가 잘 듣지 않는 것도 있으니까요. 하지만 아프가니스탄 정도라면……."

"그렇다면 증인의 말은 그리 확실하지는 않은 정도라는 거네요.”

잠시 고민하던 그는 한숨을 쉬면서 고개를 끄덕거렸다. 그는 법원 앞에서 장사하는 사람인 만큼 증인석이 얼마나 무거운 자리인지 잘 알고 있었다.

“네, 확실하지는 않습니다. 솔직히 제가 아프가니스탄에 가 본 적은 없습니다만 이걸로 의료봉사 하기는 힘들죠. 항생제도 아니고. 그나마 쓸 만한 건 지사제랑 소독약 정도겠네요.”

그 말에 노형진은 회심의 미소를 지으면서 목록을 들어 올렸다.

“보시다시피 피고 측에 제출한 약들의 목록은 이름만 많을 뿐이지, 그 목적은 총 네 개로 분류할 수 있습니다. 문제는 소화제와 두통약입니다. 애초에 아이들이 기아에 허덕이고 아사자까지 등장하는 아프가니스탄의 현실에서 많이 먹어 소화되지 않는 경우에 먹을 소화제가 의료 구호품으로 필요하겠습니까? 또 두통과 같은 통증은 단순히 단시간에만 효과를 거둘 진통제를 먹어서 해결할 수 있는 게 아닙니다. 그런 지역은 기본적으로 질병이 만연하니 그에 관련된 항생제를 처방받거나 치료받아야 합니다. 결과적으로 이것들 중 그 땅에서 시급히 필요한 종류는 지사제와 소독약입니다. 그런데 그것만 가지고 과연 의료봉사가 가능한지 궁금하군요. 의료봉사라고 하면 기본적으로 의사 한 명은 데리고 가야 하며 최소한 상당량의 항생제는 가지고 가야 하는 거 아닐까요? 이건 의료봉사가 아닌 선교 활동이 목적이었다고 해도 말이 안 되는 약품들입니다."

맞다. 의료봉사에는 여러 가지가 있지만 그중에서 가장 중요한 것은 무엇보다도 항생제다.

한국에서는 돈 몇천 원이면 처방받을 수 있지만 아프가니스탄 같은 곳에서는 그게 없어서 사람이 죽으니까.

"이상으로 질문을 끝내겠습니다."

노형진이 물러나자 증인에게 다가가는 청계.

"증인! 아까 말한 이 정도면 가능할 수도 있다는 건 무슨 뜻이죠?"

"아까도 말씀드렸다시피 한국 사람들은 약을 많이 사용한 탓에 약에 대한 내성이 꽤나 높습니다. 하지만 아프가니스탄 지역은 그렇게 약을 많이 쓰는 지역이 아니니 내성이 적어서 좀 더 쉽게 약이 효과를 발휘할지도 모릅니다."

마치 구원의 동아줄인 양 그 말에 매달리는 청계 측 변호사.

"그 말은 그것만으로도 충분히 의료봉사가 가능하다는 거죠?"

"그거야 그렇지만……."

"이상입니다."

그 한마디로 끝내 버리는 청계.

노형진은 혀를 끌끌 찼다.

'다급하기는 한 모양인데.'

물론 청계가 저렇게 다급한 건 저들이 실수를 해서다.

보통 이런 방어 전략은 다음 재판 때에나 깨지기 마련이다. 가령 이번 같은 경우, 청계에서 이런 식으로 방어하겠다며 변론하면 그다음 재판에서 노형진이 의사를 데려와 이에 대한 반박을 하기 마련이다. 그게 일반적인 재판의 과정이다.

그런데 이번에는 노형진이 관련 증인을 미리 준비한 탓에 그들이 방어한 지 채 10분도 지나지 않아 그게 깨져 버렸다.

이는 즉, 노형진이 그들의 전략에 대해 다 알고 있다는 걸 뜻하는 것이니 지금까지 이런 경험을 겪어 보지 않은 그들로서는 당황한 나머지 어이없는 실수를 한 것이다.

'그러니까 이 꼴이지.'

미국은 그렇지 않다. 상대방이 뭐라고 할 것인가까지 미리 가능성을 따지고 예측 방어를 해 간다.

상대방의 대응을 기다리는 게 아니라 내가 이렇게 나가면 상대방은 이렇게 나올 거라는 예상을 하고 상대방의 반응을 유도하여 그걸 다시 깨거나 그걸 이용해서 교묘하게 자기들 쪽으로 끌어들이는 심리전까지 쓴다. 마치 바둑, 장기, 체스 등에서 몇 수 앞을 내다보듯이…….

그러니까 그저 상대방의 변론에 반박만 하는 게 아닌 거다. 그래서인지 청계 측 변호사들은 서로 이야기하면서 눈빛을 주고받고 있었다.

'내 말 아직 안 끝났다.'

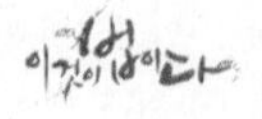

물론 노형진은 그들이 어떻게 나올지 뻔하게 알고 있었다.

원래 역사에서는 재판하진 않았지만 청계, 아니 만구파가 상당 기간 언론 플레이를 했고 그 결과, 도리어 세력을 몇 배나 확장하는 데에 성공했다.

'하는 짓거리로 봐서는 그 선지자라는 놈의 작품은 아니야.'

선지자라는 인간의 솜씨라면 그 녀석이 똑똑해야 한다. 그런데 지난번에 이길 수 없는 재판을 신청한 걸 봐서는 똑똑한 편이 아니다.

그렇다면 그걸 조작한 건 만구파가 아닌 청계라는 뜻.

'그거라면 뭐.'

처음부터 끝까지 관심 있게 본 덕분에 그들의 전략을 다 기억하고 있는 노형진에게는 어려운 재판이 아니었다.

"좋습니다. 내성의 차이로 효과가 있을 수도 있다는 점은 인정합니다. 그런데 이 목록에는 수량이 없는데요. 수량이 어떻게 됩니까?"

난데없는 수량 언급에 짜증 나는 얼굴이 된 청계 변호인단.

"그건 왜 묻습니까?"

"해외 의료봉사를 할 정도로 많은 양의 약을 가지고 가려면 심사를 받아야 하는 것으로 알고 있는데, 그 심사 기록이 있나요?"

은근슬쩍 물어보는 노형진. 그러나 그런 게 없을 거라는 걸 잘 알고 있었다.

"확인해 보겠습니다."

"만일 없다면 약국에서 쉽게 구할 수 있다는 점과 같은 성분의 약들이 제각각 여러 개 브랜드로 나뉘어 있다는 점을 봤을 때 의료봉사가 아닌 그저 관광 여행을 하는 정도일 경우에! 개인이 알아서 사 가는 비상용 약 정도로 보이는데요. 안 그렇습니까?"

사람들은 자신도 모르게 고개를 끄덕거렸다.

요즘 해외여행을 가는 사람들이 많은데 그때 가장 먼저 챙기는 것이 저런 종류의 약들이다. 아직까지 의료 시설이 확실하지 않은 데다가 외국이라 의료비가 비쌀 수도 있기 때문이다.

노형진은 심증을 남기는 정도가 아니라 아예 확실하게 못을 박기로 했다. 그는 증인에게 확인 사살을 부탁했다.

"증인, 증인의 약사로서의 경험으로 봤을 때 이런 세트로 많이 사 가는 사람들의 유형은 어떤 사람들입니까?"

"보통은 여행자들입니다."

"여행자요?"

"네, 아무래도 여러 가지 기반이 부족한 지역에 가는 사람들이 많이 가지고 가죠."

"그렇습니다. 이건 증인의 말처럼 여행자들이 가지고 가는 것입니다. 그럼 증인, 만일 한 무리의 집단이 여행을 가려고 할 때 단체로 미리 약을 준비한다면 이런 식으로 줍니까?"

하지만 증인은 고개를 흔들었다.

“아닙니다. 보통은 종류별로 한 개씩 제품을 줍니다. 약이 많아 봐야 헷갈리기만 하는 데다가 어차피 대부분의 이런 약들은 다 일정 성분을 포함한 카피 약이라 구분해서 줄 필요가 없습니다.”

“근데 이 목록에는 동일한 목적의 약들이 서로 다른 회사와 브랜드의 형태로 등장하는데, 이에 대해서는 어떻게 생각하십니까? 제가 봤을 때는 개별적으로 여러 사람들이 무계획적으로 구입한 것 같습니다만.”

“글쎄요……그럴 가능성이 높네요.”

‘진통제 주세요.’라고 하면 약국마다 주는 진통제가 다 다르기 마련이다. 그런 식으로 여러 사람들이 사면 이렇게 종류는 다양한데 성분 자체는 동일한 경우가 많았다.

“더군다나 피고 측의 주장대로 의료봉사가 목적이었다면 해외 통관을 위해서라도 하나의 품목으로 통일하는 게 훨씬 편합니다. 대량으로 한 번에 보내면 되니까요. 따라서 이런 식으로 작은 양을 구입해서 여러 종으로 보내는 건 효율적이지 않습니다. 단 하나, 개인적인 목적으로 지참하는 것은 문제가 안 되지만요. 안 그렇습니까?”

노형진이 피고 측을 보면서 말하자 청계 변호사는 아차 싶었다. 그러고는 지식을 총동원해서 변호, 아니 변명을 하기 시작했다.

"그렇게 약이 많은 것은 내성 때문입니다. 내성으로 인해 어떤 약이 통하지 않을 수도 있으니 안전을 위해서요."

"어라? 아까는 내성이 없어서 이것만으로도 충분히 의료 봉사를 할 수 있다면서요?"

"으윽!"

노형진의 말에 깜짝 놀라는 청계 변호사.

'이게 함정이라는 거다, 멍청아.'

노형진은 몇 마디 말로 그들이 주장하던 것을 스스로 부정하게 만들어 버렸다.

"아프가니스탄이 약에 내성을 가질 정도로 잘 사는 나라입니까?"

"……."

"그리고 아까 약사도 말씀하셨다시피 이런 약들은 기본적으로 동일한 성분입니다. 진통제의 경우 설명서를 보시면 덱시로펜이라는 성분과 덴조로펜이라는 성분을 가진 두 가지 진통제로 크게 나뉩니다. 그런데 이 이름들, 좀 비슷하지 않습니까? 증인, 이 두 가지 약물들의 성분이 뭐가 다른 겁니까?"

"덱시로펜이 최초로 개발했던 물질이고 덴조로펜은 그 물질의 개량형입니다."

"그럼 결과적으로 동일하다?"

"그렇게 볼 수 있죠."

"만일 덱시로펜에 저항성이 있다면 그럼 덴조로펜 성분이

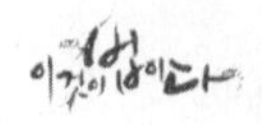

아닌 다른 성분의 약을 가지고 가는 게 정상 아닌가요?"

그 말에 약사는 고개를 끄덕거렸다.

"맞습니다. 덱시로펜의 개량형이 덴조로펜이기는 하지만 어차피 덱시로펜에서 일부 개량한 것이기에 안전을 위한다면 전혀 다른 성분의 약을 가지고 가야 하지요."

"그럼 결과적으로 이 약들은 모두 같은 성분이다?"

"그렇게 봐도 무방합니다."

"이상입니다."

청계 측은 말 그대로 뭐 씹은 얼굴이었다. 그럴 수밖에 없는 게 그들이 한 말을 스스로 뒤집게 만든 것도 모자라 그 주장마저도 완전히 깨 버렸기 때문이다.

'저런 괴물 같은 새끼.'

판사나 검사들은 약이나 그런 걸 잘 모른다. 그래서 적당히 이렇게 대꾸하면 대부분 모르고 넘어간다. 아주 중요한 사건이 아니면 의사나 약사에게 조언을 받지 않기 때문이다.

그런데 노형진은 아니었다. 애초에 저런 질문을 했다는 건 약의 성분과 약들의 상관관계를 조사하고 나왔다는 뜻. 즉, 완벽하게 그들의 방어 전략을 예상하고 있다는 것이다.

'이대로는 안 된다.'

이대로 방어하면 노형진에게 끌려갈 거라 생각한 청계는 자존심을 꺾을 수밖에 없었다.

"재판장님, 정회를 요청합니다. 다음 변론 기일을 잡아 주시면 감사하겠습니다.”

⚖

“나이스!”

나오면서 한 방 먹였다고 생각한 담당자는 환호성을 질렀다.

“너무 티 내는 거 아닙니까?”

“하하하, 이번에 제대로 안 되면 제 모가지가 날아가거든요.”

“네에?”

“사실은 제가 목을 걸고 하는 겁니다. 종교 집단이라는 게 워낙 부담스러운 일이라서요.”

“끄응…….”

어쩐지 이상하다 싶었다.

‘아직도 이 정도라면.’

그렇다면 여전히 정부 내부에는 만구키드들이 많이 있다는 뜻이리라. 하긴 한번 당한 걸로 쉽게 무너질 녀석들은 아닐 것이다.

“그나저나 무슨 소리인지 모르겠군.”

송정한은 나오면서 고개를 흔들었다.

“난 병풍이 된 기분이야.”

“에이, 설마요.”

“설마가 아니라 덱시 뭐시기? 뭔지도 모르겠어.”

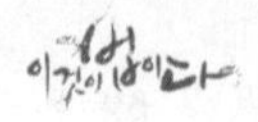

"미리 서면 제출해 드렸잖아요?"

"쯧쯧, 나야 어찌 되었건 노땅 아닌가."

확실히 송정한이 다른 변호사보다 훨씬 깨어 있는 사람이긴 하지만 이런 과학적인 반박보다는 말장난 같은 것에 익숙한 사람이었다.

"뭐, 조금씩 익숙해지시면 될 겁니다."

"그래야지. 점차 바뀌어 갈 테니까."

말장난은 절대 과학적 증거를 이기지 못한다.

'그래서 개방하자고 했을 때 난리가 났지.'

원래 역사에서 미국과 FTA를 했을 때 개방 대상 중 하나가 바로 법률계였다.

물론 법률계를 개방한다고 해서 미국에서 변호사를 수입한다는 건 아니다. 그건 불가능하다. 서로 법이 다르니까.

그럼에도 불구하고 대한민국 법조인들은 게거품을 물면서 저항한 탓에 대한민국 정부는 상당히 양보하고 그걸 취소했다.

대한민국 정부의 구성원의 상당수가 법률가라서 미국식의 실전적이면서도 공격적인 변론법이 들어오면 말장난으로 버티던 느긋한 대한민국 변호사들이 나가떨어진다는 걸 알았기 때문이다.

"일단은 오늘은 끝난 겁니다. 하지만 상대방은 어떻게 해서든 방어하려고 하겠지요."

"어떻게?"

"글쎄요…… 일단 포교 활동이라는 부분은 인정하지 않을 겁니다."

안 그래도 여론이 좋지 못하다. 그런데 포교 활동이라는 걸 인정해 버리면 더욱더 불리해진다.

"그러니 어떤 식으로든 자원봉사 같은 걸로 몰아가겠지요. 의료봉사가 제일 무난하겠지만 오늘 저한테 한번 깨졌으니 그걸 계속 주장하지는 않을 겁니다. 그렇다면 자원봉사로 포장하겠지요."

자원봉사는 의료봉사처럼 약이 들어가거나 전문 기술이 필요한 게 아니다.

"그걸 방어할 준비를 하면 될 겁니다."

"진짜로 의료봉사를 포기할까?"

"할 겁니다."

"자네는 가끔 보면 미래를 알고 있는 것 같단 말이지."

그 말에 노형진은 미소를 지었다.

'뭐, 틀린 말은 아니지.'

하지만 이번에는 미래를 모르더라도 저들의 선택지가 얼마 남지 않았다는 것을 알고 있으니 방어하는 것은 어렵지 않다.

"그러니까 지금부터 키보드 워리어 노릇을 좀 해 봐야겠네요."

"키보드 워리어?"

"네."

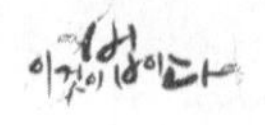

키보드 워리어라는 낯선 말에 송정한은 고개를 갸웃할 수 밖에 없었다.

다음 날부터 새론 법무법인의 정보 팀은 낯선 경험을 할 수밖에 없었다.

"이런 곳에서 증거가 나온다고?"

"네."

그들은 인터넷을 뒤지면서도 '그럴 리가.'라고 말하는 듯한 표정이었다. 하지만 노형진의 생각은 달랐다.

"인간은 자신이 한 일을 주변에 알리고 인정받고 싶어 하는 욕구가 있습니다. 당연히 그들은 욕구를 충족시키기 위해서 노력하지요. 그중 하나가 바로 인터넷입니다."

"그거야 알지."

송정한도 그건 안다. 그렇지만 그게 인터넷과 무슨 관계가 있는지 이해할 수가 없었다.

"이게 바로 세대 차이입니다."

"세대 차이?"

"변호사들도 어쩔 수 없는 문명의 이기. 그걸 분석하는 방법이죠. 가령 송 변호사님이 저만 할 때 핸드폰이라는 게 어디 있었습니까?"

"그건 그렇지."

"그렇지만 지금은 핸드폰이 기본입니다. 해외에서 발매된 와이폰이라는 핸드폰은 인터넷까지 된다고 하더군요."

"그래?"

"거봐요. 모르셨잖습니까? 이거랑 마찬가지입니다. 일반 변호사들은 그런 현대 문명을 해석하는 법을 아직 배우지 못했습니다. 그리고 그게 어느 정도의 파괴력을 가지는지도 모르고 있지요."

"음……."

"그리고 인간은 생각보다 많은 흔적을 인터넷에 흘리고 다닙니다."

"많은 흔적이라."

"특히 이번 사건의 주범인 녀석들은 그런 성향이 더욱 심합니다. 자신들이 뭘 하는지와 그 정당성을 알리고 싶어 하니까요."

안 그래도 지난번 미군에 대한 테러 사태 이후 만구파의 입지는 극단적으로 줄어들고 있었다. 그걸 바꾸기 위해서는 공격적인 포교가 선행되어야 한다. 그래서 이 지경이 되었지만 말이다.

"그러니 저들은 분명 인터넷에 흔적을 남겼을 겁니다. 그걸 잘만 따라간다면 분명 큰 실수를 한 것을 발견할 수 있을 겁니다."

"그거야 그렇지만……."

노형진은 인터넷에서 봤던 과거의 영상을 기억하고 있었다. 그중에는 터무니없는 말들도 많았다.

'말도 안 되는 짓인데 말이야.'

그럼에도 불구하고 모든 것은 종교라는 이름으로 인정되어 도리어 세상이 혼탁해졌다.

'우리나라는 이게 문제지.'

김구 선생님이 그랬다, 대한민국은 불교가 들어오면 불교를 위한 대한민국이 되고 유교가 들어오면 유교를 위한 대한민국이 되며 기독교가 들어오면 기독교를 위한 대한민국이 된다고. 대한민국에는 맹목적인 추종자들이 이상할 정도로 많다는 뜻이다. 오죽하면 전 세계에서 사이비 종교가 가장 많은 나라 중 하나가 바로 대한민국이다.

그나마 일본은 모든 종교들이 서로 배척하는 분위기가 아니라서 문제가 되지 않지만, 한국은 신도 수를 돈이나 통장쯤으로 생각해 그들을 빼앗기지 않기 위해 툭하면 이단이라느니 지옥에 간다느니 하는 식으로 말하곤 했다.

"어찌 되었건 그들은 분명 이 인터넷상에 흔적을 남겼을 겁니다. 그리고 아마도 그들의 변호사들은 그걸 모르고 있겠지요."

"그럴까?"

"네."

인터넷에 대해 알고 대처하는 것은 SNS가 활성화되고도 한참 지나고 난 후의 일이다. 정부에서는 아직 인터넷에 대해관심이 없을 뿐만 아니라 이게 얼마나 돈이 되는 건지조차 인식하지 못하고 있었다. 아직 대한민국의 정치인들은 인터넷이 세상에 적응하지 못한 찌질이들이 모이는 장소라고 받아들이는 정도. 아니면 야동을 받는 용도이거나 말이다.

"오!"

그 순간 한참을 뒤지던 한 직원이 탄성을 질렀다.

"이런 거 말씀이신가요?"

한 동영상을 확인한 그의 말에 노형진은 고개를 끄덕거렸다.

"확실하군요."

홈페이지를 보니 그 관련 인물인 게 분명했다. 그리고 거기서 드러나는 그들의 실상.

"미친 거 아닙니까?"

그걸 처음 본 직원은 생각지도 못한 그들의 행동을 보고 입을 쩍 벌렸다.

"세상은 넓고."

"병신은 많지요."

노형진이 버릇처럼 하는 말에 직원은 뒷말을 이어받으면서 고개를 끄덕였다.

"이거 어떻게 할까요?"

"일단 증거로 모아 두시고 다른 것도 함께 찾으세요. 분명

하나가 증거로 사용되면 다른 증거들을 모조리 감추려고 할 겁니다."

"그렇겠지요."

아마 곧 대대적인 인터넷 단속이 벌어질 것이다. 그렇게 되면 관련 자료들을 찾을 수 있을 리 없다.

"오, 많네."

"이런 것도 있어?"

그들이 자료를 찾을 때마다 들려오는 탄성. 그러나 그 탄성 속에는 어느 정도 한탄도 들어 있었다. 이런 비정상적인 행동을 할 수 있는 인간이 대한민국에 있다는 것이 참 씁쓸할 지경이었던 것이다.

"가끔은 말이야."

그 기록들을 보면서 송정한은 씁쓸하게 말을 꺼냈다.

"'종교는 인민의 아편이다.'라는 말이 현실인 것 같기도 해."

그 말에 노형진은 씁쓸하게 대답했다.

"어쩌면…… 그 말이 맞을지도 모르지요."

광속 영혼 털기

“개정합니다.”

다시 시작된 재판.

아니나 다를까, 청계에서는 노형진의 예상대로 그들이 의료봉사가 아닌 자원봉사를 한 것이니 그로 인한 손해배상을 할 이유가 없다고 주장하고 있었다.

“자원봉사라는 것은 이 나라에서도 많이 할 수 있습니다. 수많은 고아들과 미혼모들 그리고 홀로 사는 노인분들이 있습니다. 그런데 왜 거기에서 자원봉사를 하기 위해 엄청난 돈을 내는 겁니까?”

“그거야 우리 측의 선택입니다. 그게 법적인 문제는 아닐 텐데요?”

"지난번에는 의료봉사였다면서요?"

"단어를 잘못 선택한 것뿐입니다. 그리고 의료봉사나 자원봉사나 누군가를 위해 헌신한다는 것 자체는 동일한 것 아닙니까?"

이번에는 청계 쪽도 단단하게 대비해 온 것인지 쉽게 물러나지 않았다. 아니, 물러날 수가 없으리라. 600억이면 엄청난 돈이다. 그 돈이면 한창 크고 있는 만구파에 치명적인 타격이 될 것이다.

'제대로만 된다면.'

노형진 역시 물러날 수가 없었다. 기억이 맞다면 이때쯤 만구파가 그 배에 대한 취역을 허가받는다. 그렇게 되면 미래에 그 비참한 사건이 벌어진다. 그걸 그대로 두고 싶은 생각은 없었다.

'이번에 타격이 크면 아마 전면적으로 철수할 가능성이 높아.'

농담이 아니라 실제로 그럴 가능성이 높다. 그렇게 된다면 미래의 그 비참한 사건은 벌어지지 않게 될 것이다.

"재판장님, 관련 증거를 제출합니다. 해당 봉사자들이 아프가니스탄에 가서 자원봉사를 했다는 가장 확실한 증거들입니다."

재판장에게 한 뭉텅이 사진과 목록을 건네는 청계의 변호사들. 거기에는 피해자들이 그곳에서 찍었다고 주장하는 사진들로 가득했다.

"이 허름한 집을 보십시오. 이곳이 우리 피해자들이 자원봉사를 한 곳입니다. 피해자들은 이곳에서 사람들과 어울리면서 그들의 삶을 이롭게 하기 위해 그곳에 갔을 뿐입니다. 행사 말미에 탈레반 반군에게 사로잡히면서 일이 좀 틀어지기는 했습니다만 궁극적으로 그들이 누군가를 위해 희생하고 노력했다는 것은 부정할 수 없는 사실입니다."

그 사진에는 한 무리의 한국 사람들과 그 앞에 행복한 표정으로 서 있는 아이들의 모습이 담겨 있었다. 누가 봐도 자원봉사를 했다고 할 만한 모습이었다. 하지만 그걸 본 노형진은 코웃음이 쳤다.

"재판장님, 이게 정치인들이 선거철에 고아원에 가서 물건을 던져 주고 단체 사진을 찍는 것과 뭐가 다른가요? 아니, 애초에 정치인들은 물건이라도 줍니다. 그런데 이 증거로 제출된 사진에는 그 자원봉사에 대한 내용이 없습니다. 단순히 현장에서 찍은 사진일 뿐입니다."

노형진의 반박에 청계의 변호사들은 벌떡 일어났다.

"이를 증명하기 위해 그 당시 자원봉사를 하셨던 피고 중 인솔자로 일하셨던 분을 모셨습니다. 증인으로 신청합니다."

"인정합니다. 증인, 나와서 선서하세요."

그 말에 방청석 뒤에 있던 한 남자가 조심스럽게 나와 증인 선서를 했다. 청계 측 변호사는 그에게 다가가서 천천히 질문하기 시작했다.

"증인, 그 정신적 피해가 다 치료되지 않은 상황에서 불러내어 미안합니다. 그런데 한 가지만 묻겠습니다. 증인은 아프가니스탄에 왜 간 겁니까?"

"자원봉사를 목적으로 갔습니다."

"그럼 이 사진은 뭔가요?"

그 남자가 나와 있는 사진을 보여 주는 청계의 변호사. 그 남자는 한참 그걸 바라보더니 천천히 입을 열었다.

"자원봉사 이후에 아이들과 어울리면서 놀고 나서 찍은 사진입니다."

"그런데 아이들의 반응은 어땠습니까?"

"좋았습니다. 우리가 그들을 도와주러 왔다는 걸 알고 있었으니까요."

"그럼 그 자원봉사가 그들에게 도움이 되었다고 생각합니까?"

"많이는 아니지만 그래도 도움은 되었을 거라고 생각합니다."

그 말에 다시 재판장을 바라보는 청계 측 변호사.

"재판장님, 증인의 증언처럼 이들은 자원봉사를 하기 위해 그곳에 갔습니다. 보십시오. 이 아이들의 얼굴이 얼마나 해맑고 행복해 보입니까?"

확실히 노형진조차도 부정할 수 없을 정도로 아이들은 웃고 있었다. 그건 부정할 수 없는 사실이다.

"아이들의 미소는 거짓을 말하지 않습니다. 그들은 이들이 있는 동안 행복해했고 그건 명확하게 드러나는 사실입니다. 그 결과가 안 좋았다는 이유로 자원봉사가 아니라는 것은 있을 수 없는 판단입니다."

청계의 변호사가 질문을 마치고 안으로 들어갔다. 과연 이렇게 증인까지 나왔는데 너희가 무슨 수를 쓰겠느냐는 얼굴이었다. 물론 그 증인이 피고 중 한 명이라는 게 문제지만, 이미 입을 맞춰 놨으니 이상한 건 없을 것이라는 확신이 있었다.

"원고 측, 증인에게 질문 있습니까?"

"네, 있습니다."

노형진은 앞으로 나가서 증인을 바라보았다.

'인솔자인가?'

그 당시 그들을 이끌었던 인솔자라는 사람이었다. 당연히 누구보다 현실에 대해 가장 잘 알아야 하는 사람이다.

'과연 현실을 잘 알까?'

노형진은 한번 미끼를 던져 보기로 했다. 만일 가이드가 나왔다면 이런 미끼를 던지지는 못하겠지만 상대방은 인솔자, 즉 해당 지역에 대해 모르는 사람이니까.

"증인, 증인은 그 납치 피해자들 사이에서 직책이 무엇이었습니까?"

"인솔 담당이었습니다."

"인솔 담당?"

"네, 사람들을 확인하는 사람이었습니다."

"그렇군요. 그럼 그 피해자들 사이에서는 대표라고 할 수 있겠네요?"

"네."

그 말에 노형진은 고개를 끄덕이면서 다음 질문, 즉 함정을 슬쩍 던졌다.

"알겠습니다. 그런데 그곳에서 자원봉사를 했다고 하는데요. 그중 무엇을 했는지 설명해 주시기 바랍니다."

"네?"

"그곳에서 구체적으로 무엇을 했는지 설명해 주셨으면 합니다."

"그거야 어렵지 않지요. 집도 고쳐 주고 음식도 해 주었습니다. 동물을 키우는 것도 도와주었고요."

"그래요?"

"네."

"그래서 구체적으로 어떻게 도와줬습니까?"

"무슨 말씀이신지?"

그는 고개를 갸웃했다. 자신들이 뭘 했다고 말할지에 대해서는 사전에 입을 맞췄다. 그런데 그걸 말했음에도 불구하고 구체적으로 대답하라는 의도를 알 수가 없었다.

"아, 질문이 잘못되었군요. 그럼 하나씩 질문을 드리죠. 첫 번째 질문, 그곳에서 집을 어떻게 고쳤습니까?"

"당연히 그곳의 흙을 물에 갠 다음, 벽에 발라서 고쳤습니다."

“오! 그렇군요. 좋은 일 하셨네요. 그럼 두 번째, 그곳에서 어떤 동물을 키우는 걸 도와주셨지요?”

“소와 돼지, 염소 등입니다.”

“아. 동물 경험이 있나 봅니다.”

“뭐, 동물에게 먹이를 주는 건 어려운 일이 아니니까요.”

그 말에 고개를 끄덕거리는 노형진. 하지만 그런 그의 행동에 청계 사람들은 왠지 불안해졌다.

‘저 녀석이 저렇게 순순히 물러날 녀석이 아닌데?’

그들은 왠지 모를 걱정에 서로 수군거리기 시작했다.

“뭐, 잘못된 건 없지?”

“없습니다.”

“그래, 대답은 무난한데, 뭘.”

저런 대답은 어렵지도 않은 대답이다. 잘못될 건더기가 전혀 없는 것이다. 물론 저렇게 자세하게 물어볼 거라 생각하지 못했기에 그저 무엇을 했다고 하는 수준으로 입을 맞췄지만, 인솔자였던 증인은 자신의 경험을 바탕으로 적당히 거짓말을 하고 있었다.

“마지막으로 묻겠습니다. 그럼 아이들의 점심은 무엇으로 해 주셨습니까?”

“보통 라면이나 고기를 구워 줬습니다.”

“오! 라면. 역시 대한민국 라면은 전 세계로 뻗어 나가는군요. 아이들이 좋아하던 라면이 뭐던가요?”

"얼큰한 새참라면을 좋아하더군요."

"아, 새참라면. 그러면 고기는 미리?"

"네, 미리 준비해 갔습니다."

"역시 삼겹살?"

"네, 삼겹살을 좋아하더군요. 잘 먹더군요."

"알겠습니다. 증언 잘 들었습니다."

고개를 끄덕거리던 노형진은 무심한 눈으로 재판관을 바라보았다.

"재판장님, 현재 증인은 위증하고 있습니다."

"뭐라고?"

"위증이라니! 증거 있어?"

다짜고짜 위증이라고 말하자 깜짝 놀라는 청계의 변호사. 하지만 노형진은 벌써 그의 대답에서 말도 되지 않는 부분을 찾아낸 상황이었다.

'아직은 이슬람 문화가 한국에 제대로 알려지지 않았을 때니까.'

아직은 이슬람 국가라고 하면 반군, 또는 테러범이라는 이미지가 강한 시기다. 특히나 아프가니스탄 같은 곳은 더더욱 말이다. 그러니 일반인들은 제대로 된 정보를 가지고 있지 않은 경우가 많다. 텔레비전에서도 위험한 그쪽보다는 좀 더 개화되고 관광지가 된 쪽의 영상을 많이 보여 주니까.

"피고는 물에 흙을 개어 벽에 발라서 집을 고쳐 줬다고 합니다. 마치 우리나라의 초가집처럼 말입니다. 아닙니까?"

"맞습니다. 그건 세계 공통 아닙니까?"

그 말에 노형진은 어이없다는 듯 허허 웃고는 천천히 하나씩 반박하기 시작했다.

"과연 그럴까요? 아프가니스탄에는 우리나라처럼 작은 갈대 같은 게 없지요."

"……?"

'내 이럴 줄 알았지.'

고개를 갸웃하는 사람들.

자원봉사로 그들이 할 만한 건 뻔하다. 그러기에 그들의 말에 반격할 준비를 하는 건 어려운 일이 아니었다.

노형진은 미리 준비한 증거를 그들에게 내밀었다.

"대학으로부터 협조를 얻어서 구한 해당 지역의 일반 건물 사진입니다. 보통 사람들이 사는 곳이지요."

"이건 그냥 진흙으로 지은 건물 같은데요?"

재판관이 봤을 때 그 사진에 보이는 집은 허술해 보이기는 하지만 진흙으로 만든 집처럼 보였다.

"아닙니다. 이 지역에서는 물이 귀해 갈대류 같은 생물이 자라기 힘듭니다. 한국과는 완전히 다르지요. 그래서 벽을 세울 때 나무나 갈대로 기초를 다지고 그 위에 진흙을 바르는 방식이 아닌 이 확대한 사진인 갑제 5호증처럼 벽돌 형태로 흙을 반죽해서 올립니다."

확실히 그렇다. 관련 대학에서 제공한 건물의 대다수는 마치 벽돌처럼 만든 진흙 덩어리들이 켜켜이 쌓여 있었다. 심지어 피고 측에 제출한 사진들 속의 건물들 대다수가 그런 형태였다.

"그건……."

그런 것에는 관심이 없었던 증인은 말문이 막혔다.

"분명히 벽에 바른 건물도 있습니다."

애써 한 변명이 그거였다.

"뭐, 그건 가능하겠지요. 하지만 아무런 내부에 지탱하는 구조물도 없이 단순히 진흙만을 쌓아 올린 건물이 얼마나 갈 것 같습니까? 대형 건물에 왜 콘크리트만 붓지 않고 철근으로 기둥부터 만드는지에 대해 이해를 좀 하셔야 할 것 같습니다."

"착각입니다. 저희가 보수했던 건 그냥 진흙으로 되어 있어서……."

"알겠습니다. 그럼 두 번째로 동물을 키우는 걸 도와주셨다고 하셨는데요."

"네."

"아까 뭐라고 하셨지요?"

"소나 양, 돼지 같은 걸 도와줬다고."

"소나 양, 돼지라……. 증인."

"네?"

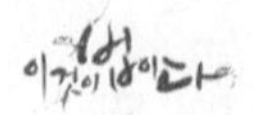

"이슬람 국가는 돼지를 먹지 않는 거 아십니까?"

"뭐라고요?"

그걸 몰랐던 남자는 도리어 어리둥절한 얼굴이 되었다.

'멍청이 아냐?'

그건 기본 중 기본이다. 물론 아주 안 먹는 건 아니고 어떤 나라는 약간은 허용하지만, 아프가니스탄 같은 나라는 그걸 허용하지 않는다.

"애초에 돼지는 살찌는 속도가 빨라서 키우는 거지, 소처럼 밭을 갈거나 짐을 나를 수 있는 놈이 아닙니다. 즉, 먹지 못하면 키울 이유조차 없는 게 돼지입니다. 그런데 그걸 키우는 걸 도와줬다고요?"

"……."

대답하지 못하는 그를 보면서 노형진은 확신했다.

'저 새끼는 분명 축사 근처에 접근도 하지 않았을 거야.'

그렇지 않다면 대번에 돼지가 없다는 걸 알았을 것이다. 아니, 최소한의 공부만 했어도 이슬람교에서 돼지가 금기시되는 고기라는 건 알았을 것이다.

"세 번째, 아이들한테 점심으로 고기를 구워 줬다는 건데 피고의 행동 기간과 제가 준비한 기간을 보십시오. 묘하게 겹치지 않습니까?"

투명한 비닐에 달력을 그려서 보여 주는 노형진.

"그건?"

"라마단입니다. 보통은 단식 기간이라고 하지요."

"단식 기간? 사람이 그렇게 오래 굶고 살아남을 수 있을 리가 없지 않습니까?"

피고 측 변호사는 그 기간을 보고 깜짝 놀라서 항변했다. 하지만 그 역시 몰라서 하는 말이었다.

"그건 말 그대로 단식이라고 하니 굶는 거라고 생각해서 벌어지는 일입니다. 정확하게는 단식 기간 중 일몰 후에만 음식을 먹을 수 있습니다. 그런데 아까 증인, 뭐라고 했지요? 점심? 아무리 애들이라지만 이슬람교의 기본을 모를 거라 생각합니까?"

"……."

"그리고 뭐요? 점심때 삼겹살을 구워 주고 라면을 끓여 줘요? 모든 이슬람 신자들은 할랄이라는 종교적 과정을 거친 고기만 먹습니다. 즉, 한국처럼 아무 곳에서 도축하는 게 아니라는 말씀입니다. 게다가 종교적으로 돼지고기를 먹지 않으니 당연히 돼지에 대한 할랄이 진행될 수 없습니다. 쉽게 말해 아프가니스탄에서는 돼지고기를 구할 수 없다는 뜻입니다. 그런데 삼겹살을 구워 주는 게 가능하다고 생각합니까?"

"……."

모든 것이 말이 안 된다. 일단 고기 자체를 구할 수가 없는데 그걸 어떻게 구워 줄 것이며 설령 고기를 구해서 구워 준다고 해도 라마단이라 점심때 그걸 먹을 리가 없다.

"증인, 할 말 있습니까?"

노형진의 말에 증인은 눈치를 보다가 고개를 푹 숙였다.

물론 가이드라면 이 사실을 알았을 것이다. 하지만 가이드는 그곳에서 참수되어 죽었고 그는 아는 것이 없었다.

"이상입니다."

노형진이 다시 자리로 돌아왔으나 증인석에 있던 인솔자는 고개를 푹 숙인 채로 아무런 말도 하지 못했다. 거짓말한 것이 완전히 까발려졌기 때문이다.

"음……."

판사는 좋게 볼 수가 없었다.

그는 증인이다. 당연히 위증한 이상 위증죄로 처벌받아야 한다. 하지만 증인인 동시에 피고인 경우에는 위증죄로 처벌하지 못한다. 그러니 아무 말도 할 수 없었지만 자신을 만만하게 본 것이라는 느낌을 지울 수가 없었다.

"피고 측, 할 말 있습니까?"

"어…… 없습니다."

"증인, 내려가세요."

내려가는 증인을 보면서 청계 측은 이를 빠드득 갈았다.

'젠장, 망했다.'

위증한 건 문제가 되지는 않는다. 그는 증인이자 피고니까. 문제는 이렇게 된다면 판사가 피고 측의 증인을 색안경을 끼고 볼 것이라는 점이다.

"원고 측, 진행하세요."

피고 측이 아무런 말을 하지 않자 노형진에게 넘어오는 차례. 노형진은 앞으로 나가서 청계 변호사를 바라보았다.

"피고 측은 분명 자원봉사를 했다고 했습니다. 그런데 피고 측은 자원봉사의 개념이 뭐라고 생각합니까?"

"그거야 남을 돕고 그들의 생활을 안정되게 하는 것이라고 생각합니다."

"그럼 다른 분들은 자원봉사가 어떤 것이라고 생각합니까?"

갑자기 질문이 방청석에 앉아 있는 기자들에게 향하자 기자들은 살짝 당황하면서도 아는 한도 내에서 자원봉사의 개념을 설명하기 시작했다. 물론 대부분 비슷할 수밖에 없었다.

"네, 자원봉사. 개념을 보면 자신의 능력을 이용하여 남을 돕고 타인의 생활이 안정되게 하는 것이라고 할 수 있군요. 피고 측, 맞습니까?"

"그렇습니다만?"

갑자기 단어의 의미에 대해 꼬치꼬치 캐묻는 노형진의 모습에 약간은 걱정하는 청계의 변호사들. 그들의 경험상 노형진의 이런 행동은 공격하기 위한 사전 준비라는 걸 알고 있었다. 문제는 그걸 보고도 막을 방법이 없다는 것.

"그럼 지금부터 보이는 장면이 과연 자원봉사인지 판단은 재판관님과 여러분들에게 맡기겠습니다."

"으잉?"

"엥?"

하라는 변론은 하지 않고 갑자기 판단을 다른 사람들에게 맡긴다는 말에 다들 뭔 소리인가 했다. 그러나 노형진은 대답하는 대신에 미리 준비한 동영상을 재생했다.

"선명하게 보일 수 있도록 불 좀 꺼 주십시오."

그 말에 불이 꺼지자 홀로 환하게 빛나는 모니터에 카메라로 찍은 것으로 보이는 동영상이 흘러나왔다.

"어?"

"저 사람, 아까 그 사람 아냐?"

그곳에 나타난 사람은 생뚱맞게도 아까 위증한 그 인솔자라는 사람이었다.

—자, 여러분, 따라 해 보아요. 선지자님은 우리의 생명. 선지자님은 우리의 영혼. 선지자님을 영접합니다.

아이들이 가득한 텐트 안. 그리고 그 안에서 옆에는 빵이 가득한 박스를 두고 아이들에게 뭔가를 시키는 남자.

—서리자 서리지?

—제대로 따라 하지 못하면 아무것도 없습니다. 자, 한마디씩 해 봅시다. 선지자.

—선지자.

—좋아요. 좀 더 길게. 선지자님은 우리의 생명.

아이들의 시선은 빵으로 가 있었고 그걸 미끼로 무슨 말을 계속시키는 인솔자. 그런데 그 대부분의 말은 '선지자를 자신들의 지도자로 믿고 영접하겠습니다.'라는 뜻이었다.

—참 잘했어요.

그런 행동은 무려 세 시간이 넘게 계속되었고 나중에는 아예 노래까지 가르쳤다. 그러나 그들에게 주어지는 것은 작은 빵 하나였다. 그마저도 다 보여 줄 수가 없어서 노형진은 몇몇 군데만 보여 줬다.

"이것의 어딜 봐서 자원봉사입니까?"

"이런……."

생각지도 못한 증거가 나오자 깜짝 놀라는 청계의 변호사들. 그리고 그걸 본 증인도 당황한 얼굴이 되었다.

"어떻게 된 겁니까?"

"그게…… 현장에서 몇몇 동영상들을 인터넷에 올렸습니다, 홍보 차원에서."

"미쳤어요? 왜 말하지 않았습니까!"

"상황이 상황이다 보니 다 잊어버려서……."

사실 이 동영상은 거의 사건이 잊힐 때쯤 누군가가 인터넷에서 찾아내면서 유명해진 것이었다. 하지만 이 동영상의 존재를 알고 있던 노형진이 여기저기 뒤져서 간신히 찾아낸 것이다.

"제가 보기에는 자원봉사가 아니라 빵을 미끼로 선교하는 것 같은데요? 자원봉사라면 그냥 줘야 하는 거 아닙니까?"

"그……."

말하지 못하는 증인. 그나마 반응이 빠른 것은 청계 변호사였다.

"재판장님, 저건 다른 증거입니다. 일단 보다시피 아이들이 빵을 받아 가고 있습니다. 그리고 문 바깥에는 해가 떠 있습니다. 원고 측 주장에 따르면 라마단에는 아무것도 먹지 못한다고 말했는데 저 아이들은 빵을 받아 가고 있습니다."

재빨리 이상을 알아차린 변호사들 중 한 명. 확실히 그의 실력이 부족한 건 아닌 듯했다.

"그래서요?"

"'그래서요?'라니요?"

"보다시피 아이들이 빵을 받아 갑니다. 그런데 빵 먹는 아이가 있습니까?"

"어?"

"라마단은 낮에 금식하는 기간이지, 받지 않는 기간이 아닙니다만?"

확실히 동영상 속의 아이들은 침을 꿀꺽꿀꺽 삼키면서도

그걸 먹지 않았다.

“당신들이 생각하는 아프가니스탄의 현실이라면 받자마자 먹어야 정상 아닙니까? 그런데 저 아이들은 보다시피 받아도 먹지 않습니다. 이것이야말로 이 기간이 라마단이라는 확실한 증거가 아닐까요?”

“…….”

반박했다가 도리어 노형진만 유리하게 해 준 변호사는 조용히 자리에 앉았다.

“이게 자원봉사라고 할 수 있을까요? 제 사견을 말하자면 이건 아이들을 죽이는 짓입니다.”

“아이들을 죽이는 짓?”

“만일 이 영상을 탈레반 반군이 보게 된다면 어떻게 될까요? 그리고 저 말이 무슨 뜻인지 알게 된다면 저 아이들은 어떻게 될까요?”

그 말에 사람들은 등골이 오싹해졌다. 그들은 아이라는 이유로 용서받지 못할 것이다. 그렇게 된다면 아이들뿐만 아니라 가족까지 몰살당할 것이 뻔했다.

“물론 그때쯤이면 피고들은 계획대로 한국에 안전하게 돌아와서 선지자님의 역사하심을 느끼고 왔다고 하겠지요. 그러나 저 아이들과 가족의 목숨은 어찌 되었을까요?”

“…….”

“할 말 있습니까, 피고 측?”

저건 할 말이 없었다. 청계 변호사들조차도 아무런 말을 할 수 없을 정도로 미친 짓. 그것도 아주 미친 짓이었기 때문이다. 탈레반이 저런 걸 알았다면 일가족, 아니 저 마을 자체가 사라졌을 것이다.

"그리고 다음 영상을 보시죠."

다음 영상은 공식적인 영상이 아닌 누군가 개인적으로 찍은 듯 보였다. 그 녀석은 주머니에서 사탕을 꺼내더니 작고 어려 보이는 여자아이에 다가가서는 살살 꼬시기 시작했다.

―오빠 해 봐.

―얼빠이?

―오빠…… 오빠라고 하면 이거 줄게. 다시 한 번 따라 해 봐. 오빠!

―얼빠.

―아니, 아니, 오빠!

―오? 빠?

―그래그래, 잘하네.

그걸 보던 노형진은 동영상을 멈췄다.

"다른 나라에까지 가서 그렇게 오빠 소리가 듣고 싶었습니까? 한국에서 인기 없는 거 티 냅니까?"

"쿨럭."

그 순간 방청석 한쪽에서 나는 기침 소리. 근데 기침 소리가 묘하게 동영상 속의 소리와 비슷했다. 기침한 남자는 크게 당황한 듯 서둘러 그곳을 빠져나갔다.

"보다시피 피고 측은 봉사라고 볼 수 없는 행동을 계속해 왔습니다. 피고 측이 아까 사진을 제출하면서 한 말이 있습니다. 아이들의 미소는 거짓말하지 않는다고요? 네, 맞습니다. 아이들은 순수합니다. 아이들의 미소는 거짓말하지 않습니다. 행복하면 웃고 불행하면 웁니다. 그런데 그걸 곡해하는 건 어른입니다. 지금 이 동영상에서 보이는 모습이 어떻게 자원봉사라는 이름으로 포장될 수 있는지 이해할 수가 없군요."

피고 측에는 순간 침묵이 흘렀다. 아무리 봐도 빼도 박도 못할 상황이 되어 버렸다. 심지어 기자들조차 양심의 가책을 느꼈다.

"그리고 다음 사진을 봐 주시기 바랍니다."

노형진은 한 장의 사진을 화면에 띄웠다. 그곳에는 '만민구원파 선교 활동자 피랍 구원 기도회'라고 떠 있었다.

"이 사진은 만민구원파의 홈페이지에서 직접 가지고 온 것입니다. 보다시피 사진에서는 이번에 아프가니스탄에 간 사람들을 선교 인원으로 인정하고 그 구원 기도를 하고 있습니다."

"끄응……."

"피고 측의 주장대로 자원봉사가 목적이라면 자원봉사자 구원 기도회가 되어야 정상 아닙니까? 그런데 피고 측의 주장과 다르게 얼마 전까지만 해도 선교 활동이라는 표시가 여기저기서 드러나는데요? 안 그렇습니까?"

"그건……."

멍청하게 저런 사진을 올렸을 거라 생각하지 못한 청계 쪽 변호사들은 짜증 난다는 시선으로 만구파 멤버들을 바라보았다.

'저런 멍청한 새끼들.'

그들의 시선은 그렇게 말하고 있었고 그걸 본 만구파는 자신도 모르게 눈을 피했다. 하지만 그런 걸 알아서 막아야 하는 게 변호사라고 생각한 그들은 그러는 와중에도 화가 나는 것을 느꼈다.

'그래, 원래 그런 거지.'

그 둘 사이에 흐르는 이상한 기류를 확인한 노형진은 피식 미소가 나왔다. 이들이 갈라서면 한국에서 암 덩어리 하나가 사라진다.

'뭐, 희망일 뿐이지만.'

문제는 이들이 쉽게 갈라설 리가 없다는 것.

"이처럼 저들은 여기저기 선교라는 사실을 확실하게 보여주고 갔습니다. 그럼에도 불구하고 이제 와서 자원봉사라는 건 논리적으로 맞지 않다고 생각합니다. 이상입니다."

노형진의 공격이 끝나자 청계 측 변호사는 조심스럽게 일어나서 입을 열었다.

"재판장님…… 다음 기일까지…… 답변서를 제출하도록 하겠습니다."

그들의 두 번째 방어 실패였다.

"어떻게 될까?"

"아마도 다음 재판에서는 어쭙잖은 거짓말을 하지는 않겠지요."

재판이 끝난 뒤, 노형진은 송정한과 식당에서 늦은 점심을 해결하고 있었다.

"그래?"

"네, 두 번이나 당했으니까요."

한 번은 의료봉사라고 거짓말하다가 노형진에게 깨졌고, 또 한 번은 자원봉사라고 거짓말하다가 깨졌다. 이제 실질적으로 자신들이 합당하게 나갔다는 식으로 말하는 것은 효과가 없다. 두 번이나 거짓말했지만 두 번 다 실패했으니 말이다.

"아마도 다음번에는 그런 뻔한 거짓말을 하는 것이 아닌 국가의 책임으로 몰고 갈 겁니다."

"국가의 책임?"

"네, 분명 그럴 겁니다."

국민을 구하는 것은 국가의 책임이다. 그러니 자신들은 책임이 없다. 그렇게 말할 가능성이 높다.

"그리고 그게 현재 저들에게 가장 확실한 방법이겠지요."

어차피 자신들이 동정표를 얻지 못한다면 다른 방식으로 책임을 피하겠다는 것.

"그나저나 짜증 나는군요."

정부 측 담당 직원은 짜증스럽게 중얼거렸다.

"애초에 우리한테 협상할 때 제대로 할 것이지."

"뭐가 잘못되었습니까?"

"원래 우리나라 정부에서 구출할 때 저쪽에다가 일부 자금을 요청했습니다. 한 100억 정도요."

"그런데요?"

"안 된다고 하더군요, 그건 선지자님의 역사하심을 증명할 돈이라고."

"미친…… 개소리군요."

저런 사이비 집단이라면 그 안에 쟁여 둔 돈이 엄청날 것이다. 더군다나 만민구원파의 운영 방식은 기본적으로 공산주의에 기반하고 있다. 모든 신도들의 재산은 선지자라는 지도자의 재산이며 신도들은 그를 위해 노동한다. 선지자는 그들에게 공평하게 음식과 옷, 여자 등을 공급하는 것이다.

'이게 무슨 종교야? 공산주의지.'

참 웃긴 일이다. 빨갱이라고 국민들을 욕하면서 진짜 빨갱이들이 종교라는 허울을 뒤집어쓰고 국민들을 착취하는 건

가만히 두고 보고 있다니.

"일단 그건 나중 일이니까요. 다만 다음번에는 재판을 끝낼까 생각 중입니다."

"재판을요?"

"네, 더 이상 끌어 봐야 무슨 의미가 있겠습니까? 저쪽에서도 아마 마지막으로 생각하고 덤빌 겁니다."

"음……."

분명 그렇게 될 가능성이 높다. 일단 저들이 하는 행동을 봐서는 더더욱 그렇다. 이런 사건은 시간을 끌어 봐야 좋을 게 없다. 언론에 노출될수록 만구파의 이미지가 나빠지니까.

"그러니 아마 저 녀석들도 가능하면 끝내려고 할 겁니다. 아마도 첫날 했던 논리로 돌아가겠지요."

"첫날? 설마 의료봉사라는?"

"아니요. 소방관이 사람을 구했는데 과연 피해자가 그 비용을 내느냐는 거요."

"아!"

"분명 그렇게 방어할 겁니다. 이제는 그걸 깨야 할 때입니다."

"그래서 어떻게 깨려고?"

"우리에게는 인터넷 워리어들이 있지 않습니까? 후후후후."

돈 내놔

"재판장님, 국민이란 국가의 보호를 받는 존재입니다."

아니나 다를까, 청계에서는 노형진의 예상대로 국가에서 국민을 구하는 것은 의무이자 책임이라는 식으로 주장하기 시작했다. 책임을 피하려는 방법이 모두 실패했으니 최후의 수단을 쓰기 시작한 것이다.

"국가에서는 국민들을 보호해야 하며 또한 그걸 국민들에게 주지시켜야 합니다. 미국을 보십시오. 어떠한 경우에도 국민을 버리지 않습니다. 미군을 보십시오. '우리는 함께 간다. 뒤에는 아무도 남기지 않는다.'라는 점을 확고하게 하고 있습니다. 그래서 국가에 충성을 다합니다."

'지랄을 한다.'

노형진은 그 말을 듣고 코웃음을 쳤다. 미국도 자국민이 미친 짓을 하면 상대 국가에 뭐라고 하지 못한다. 게다가 애초에 군인과 비교할 수 없는 게, 그들은 전우애로 뭉쳤을 뿐만 아니라 미국이라는 국가를 위해 목숨을 걸고 싸워 주는 사람들이다. 당연히 보호받아야 마땅하다.

'하지만 너희들은 아니잖아.'

그러나 만구파는 다르다. 그들은 자신들의 이득을 위해 국가의 말을 듣지 않고 무단으로 나갔다. 그리고 국민들을 욕하면서 대립각을 세우는 한편 자신들의 이득만을 주장하고 있었다.

"만일 국가가 국민을 보호하지 않는다면 어찌 충성심과 애국심이 나오겠습니까?"

청계의 논지는 명확하다. 구조 비용에 들어가는 돈은 원래 국가가 내야 하는 돈이니 자신들에게 청구할 이유가 없다는 것.

"원고 측, 할 말 없습니까?"

그들의 말을 들은 노형진은 비웃으면서 고개를 저었다.

"국가란 국민의 집합입니다. 즉, 국민이 있어야 국가가 존재한다는 점은 피고 측의 주장이 맞습니다. 그럼에도 불구하고 그 국가가 때로는 국민을 버려야 하는 경우가 있습니다. 가령 지금과 같은 경우입니다. 국민이라면 당연히 그 책임을 다하는 사람입니다. 아니, 하다못해 주변 사람들에 대한 최소한의 배려라도 있어야 국가의 구성원으로 존재할 수 있습니다. 그러나 피고 측은 그런 게 전혀 없습니다. 그런 상황에서 모든 것은 국가의 책임이라면서 그 책임을 회피하는 것을 보니 답답할 따름입니다."

그 말에 청계 측 변호사는 선을 그어 버렸다.

"국가란 어떤 경우에도 국민을 보호해야 합니다. 그것이 책임 아닌가요? 이번 사건의 경우, 국가가 국민을 위해 한 게 무엇이 있습니까?"

"제가 알기로는 세 번이나 구조를 시도한 걸로 알고 있습니다만? 처음에는 정중하게 안 된다고 했고 다음에는 비행기 표를 취소시켰으며 마지막에는 전용기까지 보내서 돌아오게 하려 했습니다. 그런데 더 이상 뭘 더 어떻게 하라는 말인가요?"

"국가라면 당연히 국민의 보호를 위해 군대라도 파견해야 하는 거 아닙니까?"

"바보 같은 소리입니다. 일단 타국에 군대를 파견하는 정치적 부담을 둘째 치고 해당 지역은 미국이 수년째 싸우면서 수천 명의 인명 피해를 냈음에도 불구하고 정리하지 못한 곳입니다. 그런데 그런 곳에 우리나라 군대를 주둔시킨다면 군인들의 희생은 피할 수 없습니다. 그리고 애초에 군인들은 국민이 아닌가요?"

"그거야…… 특전사라도 보낼 수 있었습니다."

"특전사를 보내려 했습니다. 그런데 그걸 방해한 게 피고 측 아닙니까?"

"애초에 방송에 나와서 특전사가 투입되면 교전으로 인한 사망자가 나올 거라면서 결사반대를 한 게 만구파입니다."

원래 정부에서는 마지막 대책으로 특전사를 비롯한 특수부대를 대기시켰고 미국에도 읍소해서 네이비씰이나 그린베레 등 특수부대를 배치한 상황이었다. 그런데 만구파는 구출 작전을 실행하면 사망자가 나오니 특수부대는 물러가라고 방송에 나와 난리를 피웠을 뿐만 아니라 특수부대가 아프가니스탄에 있다는 사실을 공개하는 바람에 탈레반이 들썩거리게 만들었다. 조용하고 신속하게 실행해야 하는 특수작전의 특성상 정부가 특수부대를 투입할 수 없는 것은 당연했다.

"그래도 투입했어야지요!"

"투입해서 죽으면요? 그때는 손해배상을 청구했을 거 아닙니까? 그리고 그걸 가장 격하게 반대한 것도 다름 아닌 만민구원파입니다."

애초에 만구파는 언론 플레이를 통해 자신들이 유리하게 하기 위해 무차별적으로 언론에 정보를 뿌렸다. 그럴수록 협상에서의 대한민국의 입지는 작아질 수밖에 없었다.

"그 결과가 무려 600억이라는 돈을 주고 데리고 온 거 아닌가요?"

"……."

국가에 책임을 미뤄 보려 하던 청계 측은 할 말이 없었다.

확실히 이번 구출 작전에 가장 극렬하게 반대한 것은 만구파였다.

"그래도 구상권 청구는 너무합니다. 그들은 그렇게 위험한 곳인 줄 모르고 간 것입니다."

"그렇다고 생각합니까? 재판장님, 갑제 22호증을 봐 주시기 바랍니다."

노형진은 한 장의 사진을 공개했다. 거기에는 여행 자제 국가라고 쓰인 팻말 좌우에 서 있는 여자들의 모습이 있었다.

"이 여자들, 이번에 포교한다고 간 사람들 아닌가요?"

"그, 그렇습니다."

"그럼 이 사람들은 한국 사람 아닌가요? 한국어 못 읽나요?"

그럴 리 없다. 그럼에도 불구하고 그들은 여행 자제 국가라는 팻말 옆에서 웃으면서 손가락으로 브이 자까지 만들어 보이고 있었다.

"위험성이라는 것은 결국 개개인이 판단해야 합니다. 더군다나 대한민국으로서는 무려 세 번에 걸쳐서 그들에게 경고했습니다. 나중에는 전용기까지 보내서 돌아오라고 했지요. 그런데 이제 와서 대한민국이 한 게 없다는 주장을 한다면 어떻게 판단해야 할까요?"

"음……."

이것 말고도 정부에서 막으려고 한 증거는 사방에서 널리고 널렸다.

"하지만 전에도 말했다시피 소방관이 사람을 구했다고 그 사람에게 소방관 출동비를 요구하지는 않습니다."

결국 원점으로 들어온 싸움. 노형진은 그 원점이라는 것도 박살 낼 생각이었다.

"확실히 그렇지요. 그렇지만 그건 상대방이 피해자인 경우에 한합니다."

"납치당하고 강간당하고 참수당한 건 피고 측입니다. 그런데 피해자가 아니라고요?"

"그건 탈레반과 피고 측의 범죄 사건에 해당됩니다. 하지만 국가와 피고 측과는 전혀 다릅니다. 아까 전에 소방관의 이야기를 하셨죠? 현 상황을 비교하자면 이겁니다. 피고 측은 피해자가 아니라 소방관에 장난 전화를 건 겁니다. 그리고 그곳으로 소방관들이 몽땅 출동한 사이에 다른 곳에서 불이 나서 건물이 홀랑 타 버린 거죠. 만일 그 소방관이 그곳에 있었다면 그 건물은 멀쩡했고 당연하게도 피해자는 생기지 않았을 겁니다. 하지만 장난 전화 한 번으로 그 모든 게 흐트러진 겁니다."

"장난 전화에 구상권을 청구하지는 않습니다."

"그건 말 그대로 장난 전화이고 그런 일이 아직까지 없었으니까요. 하지만 지금은 다릅니다. 국가의 권한과 명령을 무시하고 무단으로 아프가니스탄으로 가서 인질이 되어 국민의 혈세를 낭비하게 했습니다. 그런데 어찌 장난 전화와

똑같을 수 있겠습니까?"

이건 장난의 수준을 넘은 거다. 더군다나 아주 대놓고 국가를 무시하고 떠났다.

"하지만 피고 측은 반성하고 있습니다."

"반성요? 재판장님, 이 녹취록을 증거로 제출합니다."

노형진은 어떤 녹취록을 증거로 제출했다. 그러나 그게 뭔지 모르는 청계 측 변호사는 고개를 갸웃할 뿐이었다.

"얼마 전 아프가니스탄에서 돌아온 인질이 한 말입니다. 그중 일부를 읽어 드리겠습니다. '이번 경험은 선지자님께서 저에게 내린 짜릿한 경험이었습니다. 매일매일이 스릴이 넘치고 신납니다. 비록 이제는 갈 수 없는 땅이 되었지만 이런 경험을 하게 해 주신 선지자님께 감사드립니다.' 이게 공식적인 석상에서 한 반성입니다. 더군다나 이 인질, 여자입니다. 제가 알기로는 그곳에서 백 번도 넘게 강간당했다고 하던데, 여러모로 참 짜릿하게 즐기셨나 봅니다."

"크흠…… 원고 측 변호인, 좀 흥분하신 것 같습니다. 진정하세요."

"아, 죄송합니다."

노형진은 마치 흥분한 것처럼 길길이 날뛰었다. 하지만 그 말을 들은 기자들은 벌써 눈이 벌게졌다.

'그렇지. 이런 거지.'

마치 흥분해서 말실수한 것처럼 보이지만 실상은 그게 아니다. 이런 떡밥을 던지면 기자들은 알아서 재생산해 준다. 특히나 강간당했다는 여자가 거기서 짜릿하고 신나게 즐겼다고 이야기했으니 이걸 해석하는 건 제각각. 이게 뉴스에 나간다면 만구파에 대한 이미지와 그들을 보호하고자 하는 일부 여론도 바닥을 칠 게 뻔하다.

"반성이라는 것을 하려면 최소한의 배상을 하는 것이 기본입니다. 말뿐인 반성은 누구든지 할 수 있습니다. 어렵지 않습니다. 하지만 진정으로 반성하려면 국민들 앞에 서서 '우리가 어떤 잘못을 했습니다. 죄송합니다.'라고 정식으로 해야 합니다. 그 600억, 우리 국민들의 피와 땀으로 만들어진 돈입니다. 테러범들이 다른 사람들을 죽이는 데에 쓰라고 만들어진 돈이 아니란 말입니다."

노형진은 피고 측에게 말하는 척하면서 교묘하게 기자들을 한쪽으로 몰아붙였다. 국민들은 자기 돈이 나가는 걸 아까워하니까.

"하지만 재판장님, 이번 사건은 불가항력으로……."

"불가항력이란 말 그대로 어떤 수를 써도 벗어날 수 없는 경우를 뜻합니다. 하지만 이번에는 국가의 주도하에 해당 위험에서 세 번이나 벗어날 기회가 있었습니다. 그런데 그것이 어떻게 불가항력이 될 수 있습니까? 이번 사건은 피고들이 가진 안전 불감증이 일으킨 재앙입니다. 그리고 그게 국민들에게 손해를 입힌 겁니다."

청계 측 변호사들은 노형진의 공격을 애써 방어하려고 했다. 하지만 그들도 더 이상 방법이 없다는 걸 알고 있었다.

'망할 새끼.'

사실상 이것은 끝난 싸움이다. 따라서 지금 필요한 것은 국가의 이러한 행위에 면죄부를 주는 것이다. 노형진이 언론플레이를 통해 기자들을 조종하려는 것도 그런 의도에서다.

"그럼 마지막으로 할 말들 있으면 하세요."

마지막 말에 일어나는 노형진.

"재판장님, 피고들의 불행한 사건에 대해서는 저 역시 동정심을 금치 못하겠습니다. 하지만 그 사건은 피고들 스스로가 일으킨 사건입니다. 수차례의 경고를 무시해서 일어난 일인 것입니다. 더군다나 그들은 자신들의 이득을 위해 포교활동을 하였고 돌아와서는 반성의 모습조차 보이지 않았습니다. 이러한 일을 계속 방치한다면 종교라는 이름으로 국가의 통치행위를 무시하고 종교라는 이름이 붙는 것이라면 무엇이든 용서받는 상황이 될 것입니다. 그에 브레이크를 걸기 위해서라도 그들에 대한 구상권을 청구하는 게 옳다고 생각합니다. 이상입니다."

그 말에 청계 측도 조심스럽게 입을 열었다.

"물론 이번 사건은 불행한 일입니다. 피해자인 저희 피고 측 역시 예상하지 못했던 일입니다. 그들은 그곳에서 명백하게 피해를 입었습니다. 그런 피해자에게 그 배상을 청구하는 것은 한국의 문화상 맞지 않다고 생각합니다. 피해자들을 용서하고 그 분노를 가해자인 탈레반에게 푸는 것이 정상이라고 생각합니다. 이상입니다."

마지막 말에 노형진은 기가 막혔다.

이제는 아무것도 안 되니 여기에 없는 탈레반에 책임을 넘기려 하는 것이다.

'그래 봐라. 사건 결과가 뒤바뀌나.'

"결심은 다음 주에 하겠습니다."

그렇게 마지막 재판이 끝났다.

⚖

"본 사건은 명백하게 피고 측의 과실과 방임으로 일어난 것이라 볼 수 있다. 원고 측은 피고 측을 구하기 위해 최대한 노력한 점은 분명 인정할 수 있는 일이며 피고 측은 선교라는 개인적인 목적을 위해 국가의 경고를 무시하고 출국하여 본 사건을 일으킨 것 또한 명백하다. 그러나 원고가 국가라는 점, 국가로서 국민을 보호해야 한다는 점을 고려하고 피고 측이 그곳에서 심리적으로 억압된 생활을 하였다는 점, 인질 중 일부가 사망한 점을 인정하여 피고 측의 배상 부분은 청구액의 3분의 2인 400억으로 한정한다."

마지막 말이 나오자 노형진 측은 환호했고 청계 측은 절망

했다.

"나이스!"

비록 전액이 나온 것은 아니지만 600억 중 400억을 회수할 수 있다는 것만으로도 엄청난 도움이 된다.

하지만 그와 반대로 패배한 만구파에서는 웅성거리는 소리가 흘러나왔다.

"이건 종교 탄압이다!"

"이건 종교 탄압이야!"

"재판장은 반성하라!"

갑자기 소란스러워지는 청중석.

그곳에 있던 만구파들이 갑자기 소란을 일으키자 판사는 그걸 보고 얼굴을 찌푸렸다.

"조용히 하지 않으시면 모두 법정 소란 죄로 체포하도록 하겠습니다."

"시끄러워, 이 빨갱이야! 여러분! 이건 탄압입니다!"

"물러나라!"

"허, 기가 막히군. 경비! 저들을 전원 체포하도록!"

보다 못한 판사가 기가 막힌 나머지 화내자 그들이 주먹을 휘두르면서 반항하기 시작했다.

"이건 탄압이야! 으아아!"

"저 녀석을 죽여라!"

그걸 보면서 판사는 자신도 모르게 작게 중얼거렸다.

"확 전액으로 해 버릴걸 그랬어."

"감사합니다."

담당자는 노형진의 두 손을 잡고 감사의 인사를 건넸다.

"감사는요, 무슨. 저희도 돈 받고 하는 일인데요."

"안 그래도 종교 탄압이라는 소리를 들을까 봐 고민을 많이 했습니다. 하지만 덕분에 그런 부담이 훨씬 줄어들었습니다."

노형진이 재판에서 승리한 것에 그치지 않고 아예 저들이 얼마나 비정상적인지를 기자들 앞에서 까발린 덕분에 언론조차도 이번 일에 대해서는 잘했다는 식으로 이야기하고 있었다. 심지어 현직 대통령을 사사건건 까기만 했던 몇몇 신문들조차도 이번 사건에 대해서는 잘했다는 평이었다.

"뭐, 기본이죠."

단순히 돈만 받아 내고 승리만 하는 게 전부가 아니다. 그 사건의 반향을 조절하는 것도 변호사의 일이다.

"그나저나 그쪽에서는 뭐라고 합니까?"

"항소하겠다고 하지요."

"뭐, 당연하겠지요."

"그나저나 항소하면 어떻게 될까요?"

"글쎄요."

확실히 저쪽이 항소하지 않을 이유가 없다. 그래야 최대한 피해를 줄일 수 있으니까. 설사 진다 해도 그 400억을 쥐고 있는 동안 이자를 받아 이득을 낼 수가 있다.

"아마 항소해도 지지는 않을 겁니다. 하지만 시간이 지나면 그만큼 재산을 빼돌리겠지요."

"끄응……."

산 넘어 산이라고 하더니 지금이 딱 그런 상황이다.

"만구파는 그냥 만만한 녀석들이 아닙니다. 청계의 어드바이스를 받고 있는 상황이니만큼 분명 어떻게 해서든 방법을 찾을 겁니다. 그리고 3심쯤 갈 때쯤이면 일이 수면 아래로 가라앉을 테니 만구키드들이 본격적으로 다시 활동을 시작할 수도 있습니다."

"고민이군요."

그렇게 된다면 3심에서 뒤집힐 수도 있다.

'만구키드가 어디까지 진출했는지는 알 수 없지만 말이다.'

'설마 대법관에까지 진출했을까?'하는 생각을 하는 건 아니지만 그 아래에 있다고 하더라도 대법관들에게 뇌물을 줄 수 있다. 그리고 대한민국 대법관들은 양심보다는 돈을 따를 테니 당연히 사건이 뒤집힐 것이다.

"확실하게 하기 위해서는 저들에게 압박을 줘야 합니다."

"하지만 뭔 수로요?"

"전에 제가 했던 말, 기억하십니까?"

"어떤?"

"저들에게서 받아 낼 방법이 있다는?"

"네? 아! 그러셨죠?"

분명 노형진은 사건 초기에 그랬다, 재판에서 승리하기만 한다면 받아 낼 방법이 있다고.

"그건 어떻게 하는 겁니까?"

"뭐, 그쪽에서 짜릿하게 즐기고 왔다고 하니 다시 한 번 짜릿하게 즐기게 해 주면 됩니다."

"네?"

담당자는 고개를 갸웃했다. 하지만 노형진은 미소를 지을 뿐이었다.

"후우!"

노형진의 부탁을 받은 고문학은 뜨거운 공항 바깥으로 나가서 땀을 흘렸다.

"도대체 여기 주워 먹을 게 뭐가 있다고 여기까지 온 건지."

아프가니스탄은 지난번 사건 이후로 여행 금지였다. 그럼에도 그가 여기에 올 수 있었던 것은 정부에서 일부 모른 척해 주기로 했기 때문이다. 그만큼 정부에서도 이번에는 물러나지 않고 돈을 받아 내기를 원하고 있었다.

"헬로우?"

고문학은 시계를 바라보고는 한숨을 푹 쉬면서 근처에 있던 호텔로 향했다. 내일이면 다시 한국으로 가야 한다.

'이게 뭔 짓인지.'

하루를 꼬박 날아서 도착했는데, 한숨 자고 바로 출발해야 한다니.

'아니다. 좋게 생각하자.'

어차피 여기는 관광할 것도 없고 분위기만 살벌한 동네다. 당연히 오래 있어 봐야 좋을 게 없다.

"예약했습니다만."

"아, 잠시만요."

체크인하고 수속을 끝낸 고문학은 종이 한 장을 꺼내 들었다. 그러고는 그걸 카운터에 내밀었다.

"이걸 팩스로 보내고 싶은데요."

"어딘가요?"

"대한민국입니다."

"대한민국?"

한국이라는 말에 얼굴을 찌푸리는 직원. 얼마 전 한 무리의 한국인들이 와서 아프가니스탄을 발칵 뒤집어 놓은 걸 모르는 사람이 없었던 탓이다.

"아, 그런 미친놈하고 비교하지 마세요. 전 일 때문에 온 겁니다."

"그런가요?"

"네, 이것만 한국으로 보내면 됩니다."

"잠시만요. 도와 드리겠습니다."

그걸 보낸 고문학은 그의 방으로 올라가 벌러덩 누워서 한숨을 쉬었다.

"이제 내일 돌아가는 일만 남았군."

⚖

비슷한 시간.

대한민국의 외교부는 정신없이 돌아가고 있었다. 그때 그중 한 직원이 시끄러운 소리를 내면서 나오는 팩스에 고개를 갸웃하면서 다가갔다.

"이건 뭐지?"

그걸 받아 든 직원은 뭐라고 쓰인 글자를 보고 고개를 갸웃했다.

"이게 어느 나라 말이야?"

낯선 말이기는 하지만 왠지 규격화되어 있는 형태를 보아하니 무슨 신청서 같았다. 당연히 장난이 아닌 이상에야 버릴 수는 없는 노릇.

"이거 어디 말인지 아는 사람?"

그들은 글을 아는 사람을 찾기 시작했고 얼마 후 한 사람이 그걸 보고 확인했다.

"이거 파슈토어 같은데?"

"파슈토어?"

"중동 쪽에서 쓰는 언어."

"거기서 왜 온 거지?"

고개를 갸웃한 사람들은 하루가 지나도록 이리저리 찾고 나서야 파슈토어 통역관을 찾을 수 있었다.

"이거 뭐라고 한 겁니까?"

"어디 보자."

그걸 해석하기 시작한 파슈토어 통역관은 얼마 지나지 않아 얼굴을 딱딱하게 굳혔다.

"이거…… 아프가니스탄에서 온 겁니다."

"네? 왜요?"

"범죄인인도 요청서인데요?"

"응?"

그 순간 사람들은 고개를 갸웃했다.

범죄인인도 요청서라는 것은 말 그대로 해외에 범죄인이 나가 있는 경우, 그 녀석들을 잡아서 돌려보내 달라는 뜻이다.

"그런데 그걸 왜 보낸 거지? 우리랑 아프가니스탄이랑 범죄인인도 조약이 맺어져 있나?"

"일단은 아닐걸? 그래도 보내 줄 수야 있지."

범죄인인도 조약이 맺어져 있는 경우에는 보내 줘야 하지만 사실 안 되어 있다고 하더라도 그쪽에서 요구하면 못 보내 줄 건 없다.

근데 그걸 보는 통역관의 얼굴이 점점 새파랗게 질리기 시작했다.

"그런데 표정이 왜 그렇습니까?"

"이거…… 보통 큰일이 아닌데요?"

"뭔데요?"

"범죄인 대상이…… 지난번에 구출해 온 그 인질들입니다."

"구출? 인질?"

이게 무슨 소리인가 하는 표정을 짓는 사람들.

하지만 그들이 아는 그 조건에 부합하는 사람들은 단 하나뿐이었다.

요즘 한창 시끄러운 그 집단.

"저기, 그거, 만민구원파인가 하는 그 녀석들인가요?"

"네."

"잠깐! 그 사람들을 왜 보내 달라고 하는 겁니까?"

"그게…… 아프가니스탄의 국교는 이슬람교입니다. 그리고 이슬람교의 교리에 따르면 어떤 종교든 포교 활동은 불법입니다. 그것도 아주 중요한 배덕 행위 중 하나죠. 그게 설사 이슬람교라고 할지라도요."

"그게 무슨 말씀이신지?"

그 말에 통역관은 떨떠름한 얼굴이 되었다.

"아프가니스탄에서 타 종교를 포교하다가 잡힌다면 못해도 10년 형은 나옵니다. 그래서 다른 나라 종교 집단들이 그곳에서 의료봉사는 해도 포교는 못 하는 겁니다."

"10년요?"

"네, 아주 강력한 범죄로 취급합니다."

그 말에 외교부 사람들은 사색이 되었다. 못해도 10년이라니.

"그리고 이번 경우에는 더 나올 가능성이 높습니다."

"네?"

"애초에 포교를 목적으로 아프가니스탄에 들어온 데다가 그들이 잡히는 바람에 600억이나 탈레반에 줬습니다. 당연히 그 돈은 무기가 되어 아프가니스탄 정부를 압박하는 데에 쓰이겠지요. 그러니 아마 그 보복이 들어올 겁니다. 못해도 20년은 되지 않을까요?"

"……!"

외교부 직원은 사색이 되어 뛰어다니기 시작했다.

"큰일 났다!"

"외근 나간 사람 다 불러!"

"젠장, 그쪽 동네 전문가 없는데!"

"장관님 어디 있는지 아는 사람?"

그들이 발칵 뒤집혔을 때 누군가가 슬쩍 그 내용을 확인하고는 조용히 나가서 어디론가 전화를 걸었다.

"어, 나다. 지금 재미있는 사건이 벌어졌어. 이번 건은 좀 비쌀 것 같은데."

⚖

다음 날 아침, 대한민국 언론은 발칵 뒤집혔다. 아프가니스탄에서 범죄인인도를 요청했기 때문이다.

기자들이 분석하기를, 탈레반에 엄청난 자금이 넘어간 점을 봤을 때 아마도 20년 형 이상은 나올 거라는 것이 중론이었다.

언론인들은 이를 계속 확대해서 재생산했다. 아프가니스탄까지 가서 확인하는 사람은 거의 없었다. 물론 그중 머리 좋은 사람은 아프가니스탄 대사관으로 달려갔다. 그러나.

"우리 대사관에서는 해당 사항에 대해 언급하지 않기로 했습니다."

그들은 미묘한 발언을 끝으로 더 이상 말하지 않았다. 긍정도, 부정도 하지 않는 그들의 행동에 발등에 불이 떨어진 것은 그때 아프가니스탄으로 갔던 사람들이었다.

"안 돼! 난 못 가! 죽여! 차라리 죽여!"

그들에게 아프가니스탄은 지옥 그 자체였다. 더군다나 선지자의 말을 따라 즐겼네 어쩌네 말하기는 했지만 그곳에서 수백 명한테 강간당하는 게 즐거울 리 없다.

"으으……."

문제는 아프가니스탄의 감옥이라는 공간은 탈레반들에게 잡혔을 때와 별반 다르지 않을 정도로 열악하기 그지없다는 것이다.

"정부에서는 뭐라고 합니까?"

"정부에서는 진지하게 고민 중이랍니다."

"이런 젠장!"

선지자라고 불리는 남자, 성만구는 이를 빠드득 갈았다.

"도대체 왜?"

"뻔하죠. 우리가 어차피 돈을 안 주려고 한다는 걸 아니까요."

그들은 해외에서 범죄를 저질렀다. 설사 범죄인인도 조약이 없다 할지라도 그 나라에 주지 말라는 법은 없다. 물론 일반적인 경우라면 절대 보내 주지 않을 것이다. 하지만 이번에는 일반적인 경우가 아니다.

"아마도 이번에 돈을 내지 않으면 그들을 인도할 가능성이 높습니다."

"그럴 수는 없소! 그게 어떻게 벌어들인 돈인데!"

성만구는 펄쩍 뛰었다. 어떻게 벌어들인 돈이던가? 사람들에게 사기 치고 팔자에도 없는 신령 같은 꼴을 해 가면서 벌어들인 돈이다. 그런데 그걸 정부에 내야 한다니.

"방법이 없습니다."

하지만 청계 변호사는 선을 딱 그었다.

"이 일은 애초에 우리와는 상관없는 정부의 일입니다. 정부가 받아들인다면 우리는 송환되게 두는 수밖에 없습니다."

"막을 수는 없는 거요?"

"없습니다."

이런 문제는 만구키드가 있어도 쉽지 않은 일이다. 그런데 현재 만구키드들은 꼬리를 말고 있는 상황.

"그냥 지난번처럼 꼬리를 마는 건 어떻소?"

즉, 지난번처럼 집단 자살을 시키는 건 어떻겠냐는 뜻.

하지만 청계의 변호사는 고개를 흔들었다.

"안 됩니다. 그럼 일이 커집니다."

"일이 커진다?"

"네."

한번 집단 자살을 일으켰던 종교다. 더군다나 이번에 집단 자살을 일으키면 재기할 수 없을 정도로 타격이 크다.

"그리고 문제가 발생할 때마다 집단 자살을 한다면 신도들이 빠져나갈 겁니다."

안 그래도 골수 신도들만 남은 상황이다. 그런 상황에서 더 빠져나간다면 만구파가 흔들릴지도 모르는 일.

"이번에는 저들이 과연 자살할지."

한 번도 죽음을 면전에서 겪지 못했기 때문에 지난번에는 집단 자살을 했다. 하지만 이번 사람들은 눈앞에서 사람이 참수되어 죽어 가는 것을 두 눈으로 봐야 했다. 말은 하지 못하지만 정신적 쇼크로 밤마다 비명을 지르는 사람들이다. 그런 그들이 과연 만구가 자살하면 그대로 따를까?

'그렇지 않을 가능성이 높지.'

공포를 모른다면 모를까, 죽음에 대한 공포를 배운 그들이 성만구의 말대로 자살할 가능성은 그다지 높지 않다.

"그럼 어떻게 하자는 거야?"

"돈을 내야 할 것 같습니다."

"내 돈을?"

"어차피 그 돈은 금방 버는 거 아닙니까? 만구파가 가지고 있는 기업이 몇 개인데요?"

"끄응……."

만구파의 기업들은 신도들이 자발적으로 무료로 일하는 덕분에 수익률이 높기로 유명하다. 심지어 중학생만 되어도 학교에서 공부하는 시간보다 공장에서 일하는 시간이 더 길다.

"끄응…… 아까운데."

"아깝다고 안 주다가는 송환 결정이 나올 겁니다. 그렇게 된다면 신도들의 이탈이 가속화될 겁니다."

지금까지 만구파에 오는 사람들은 한 가지는 철석같이 믿고 있었다. 어떠한 경우에도 자신들을 지켜 줄 거라는 것 말이다. 그런데 그런 신념마저도 얼마 전 벌어진 집단 자살 사건으로 많이 흐려진 상황에서 다시 신도를 버리는 모습을 보여 줄 수는 없었다.

"그 돈은 1년이면 버니까 그냥 주십시오."

"젠장!"

성만구는 아깝다는 듯 탄식을 내뱉었지만 어쩔 수가 없었다.

⚖

"한 방에 완납이라니, 이런 미친."

정부 담당자는 혀를 끌끌 찰 수밖에 없었다. 쉽게 주지 않을 거라고 생각했다. 그런데 난데없이 만구파에서 400억에 달하는 자금을 그냥 반납해 버렸다. 심지어 2심도 취하했다.

"제 말이 맞지요?"

"정확하군요."

노형진은 아프가니스탄에서 가짜 서류 하나 보낸 것뿐이다. 그걸 받은 사람들 사이에 소문이 돌고 돌아 드디어 만구파에게 도착했을 때 그들이 반응하는 방법이 하나뿐이었다.

"자신들의 신도가 잡혀가기 싫다면 돈을 주는 수밖에 없지요."

"그런데 이거 가짜잖습니까? 나중에 문제가 안 될까요?"

담당자는 그게 걱정이었다. 한 방에 만구파의 돈 문제가 해결된 건 좋은데 이 가짜 서류가 문제가 될 것 같다는 것.

"문제가 되진 않을 겁니다. 누가 보냈는지 모를 테니까요."

그 호텔에 카메라가 없는 건 이미 확인했다. 그리고 예약 역시 가짜 이름으로 했다. 그 후에 팩스로 보낸 것이다. 이름과 지역 번호만으로 아프가니스탄에서 온 거라 생각한 외교부를 속이는 건 쉬웠다.

"그런데 어떻게 그들에게 알려질 걸 예상하신 거죠?"

"아무래도 기자라는 족속들은 사방에 정보원을 깔아 두기 마련이거든요."

그리고 정상적인 정보원이라면 이런 뉴스를 그냥 보낼 리가 없다. 아니나 다를까, 그 뉴스는 제대로 확인도 하지 않은 채로 순식간에 퍼졌다.

"그래도 대사관 문제는 진짜 대단했습니다."

노형진은 아프가니스탄 대사와 거래했다. 이런저런 문제로 긍정도, 부정도 하지 말라고 말이다.

아프가니스탄에서 포교 활동을 했다는 말을 들은 대사는 화가 나서 그러겠노라 했고, 당연히 그 후 대한민국에서는 난리가 났다. 한국의 언론에서는 해외에 직접 전화해서 물어본다는 간단한 정보 확인조차 하지 않은 채로 확대해서 재생산했고 그 결과, 이대로라면 아프가니스탄에 보내진다는 소문까지 돌았다. 그래서 그들이 그걸 피하려는 목적으로 전액을 납부해 버린 것이다.

"그럼 이제 어떻게 해야 하나요?"

"글쎄요?"

노형진은 씩 웃으면서 자신의 지갑을 들었다.

"고기나 먹으러 갈까요? 이번 일의 최대 수훈을 한 삼겹살, 어떻습니까?"

그 말에 담당자 역시 미소를 지었다.

"그렇게 하지요. 역시 이번 사건의 최대 영웅은 삽겹살 아니겠습니까? 하하하하."

망자를 위하여

성만구는 국정원에서 나오면서 한숨을 푹 쉬었다. 그리고 그 앞에서 기다리고 있던 차량에 올라탔다.

"도대체 몇 번을 부르는 거야?"

국정원은 아주 물이 오른 상태였다. 그들이 노리는 곳 중 하나가 바로 만민구원파인 탓이다.

그들은 미군에 테러를 시도하기도 있고 포교라는 이름으로 해외에 나가서 결과적으로 국가에 엄청난 해악을 끼치기도 했다.

그러다 보니 국정원에서는 그들을 노리면서 수시로 성만구를 불러다가 조사했다. 틈만 나면 잡아넣으려고 말이다.

물론 그때마다 청계의 도움으로 나오고 있기는 하지만 속이 편한 건 아니었다. 게다가 요즘은 더욱 불편했다.

"젠장, 내 돈."

무려 400억이나 되는 돈이 날아갔다. 힘들게 모은 돈인데 순식간에 날아간 것이다.

"선지자님, 힘내십시오."

운전기사가 말했지만 성만구는 힘낼 수가 없었다.

"그 망할 녀석한테 한 방 안 먹이면 속이 터지겠어, 젠장."

"설마 애들을 푸실 생각입니까?"

"그럴까?"

청계에서는 위험하니 하지 말라고 했다.

하지만 지금도 노형진만 생각하면 속이 쓰려서 죽을 판국이다.

"차라리 확실하게 밀어 버리고 움직이는 게 나을지도 모르겠군. 그 녀석이 죽어 버리면 우리를 건드릴 놈은 없겠지."

그 녀석을 죽이고 감옥에 가 줄 광신도들은 얼마든지 있다. 그러니 어쩌면 확실하게 죽이는 게 나을지도 모른다.

성만구는 바로 전화기를 들었다. 더 이상 경찰서와 국정원을 뻔질나게 드나들고 싶지 않았다.

"나다. 그래, 애들 중에서 믿음직한 놈들 좀 골라 봐. 확실하게 일하는 놈으로. 도피처 좀 준비하고."

성만구는 전화를 끊고는 이를 빠드득 갈았다.

"이 새끼, 넌 얼마 안 남았다."

노형진은 방심하고 있었다.

사실 모든 일이 잘되고 미래도 어느 정도 안다는 점에서 노어찌 보면 당연한 걸지도 몰랐다. 그러나 그건 생각지도 못한 일이 되어 버렸다.

"위하여!"

노형진이 손을 번쩍 들어서 선창하자 다른 동료들도 잔을 들면서 그 말을 따라 했다. 그러고는 들고 있는 잔을 시원하게 들이켰다.

"캬!"

시원한 맥주를 들이키자 자연스럽게 흘러나오는 탄성.

"이번 달도 나쁘지 않았네요."

"나쁘지 않은 정도가 아니지."

"상당히 잘되어 가고 있어."

새론의 입지는 무척이나 커졌다. 사건도 상당히 많아졌고 말이다. 더군다나 새론의 가장 큰 문제였던 부자들의 사건이 적다는 것도 알게 모르게 갇혀 있던 부자들을 구하면서 많이 해결되었다. 단순히 기다리는 게 아닌 공격적으로 먼저 다가가는 것이 그들에게 많은 도움이 되고 있는 것이다.

"이대로 가면 부자가 되겠네요."

"노 변호사, 자네는 이미 부자야. 얼마나 더 부자가 되려고?"

"하하하."

이런저런 웃음소리가 가득한 회식 자리.

새론의 회식은 다른 회사들과 다르다.

다른 회사들은 참가 인원을 이런저런 이유로 빼면서 비정규직을 차별하지만, 새론은 노형진이 그게 회사에 해가 된다는 점을 명확하게 했기 때문에 변호사부터 일반 직원, 청소를 담당하는 아줌마까지 모두 끼어서 즐거운 마음으로 참가할 수 있었다.

"그나저나 노 변호사, 우리가 잘 가고 있는 걸까?"

"글쎄요. 가 봐야 알겠지요."

송정한은 걱정되는 모양이었다. 하긴 지금 기존 변호사들은 밥줄을 위협하는 로스쿨 제도를 깎아내리느라고 정신이 없었다. 하지만 노형진과 새론은 그것을 받아들이고 적극적으로 그들의 실력을 키울 방법을 찾고 있어 주변에서 좋은 소리를 듣지 못하고 있었다.

'그러니까 누가 그렇게 모가지에 힘주고 다니라고 했나?'

변호사는 남을 위해 일하는 사람이다. 고용당하는 입장이니 당연히 목에 힘줄 이유가 없다. 그런데 그게 정상인 것처럼 되자 이권에 눈이 뒤집힌 일부 변호사들이 남을 헐뜯어댔다. 노형진은 그게 진짜 어이가 없었다.

'실력을 쌓으면 되잖아?'

애초에 변호사들은 철저하게 개인 사업자다. 심지어 로펌조차도 소속 변호사로 받아들이는 형태가 되어야 한다. 즉, 다른 업종과 마찬가지로 실력이 없으면 도태되는 게 당연한 것이다. 다만 그동안은 법이라는 어려운 학문을 이용한다는 이유만으로 갑처럼 굴었을 뿐이다.

"아. 취하네요."

그렇게 주거니 받거니 하면서 한참을 마시고 나자 세상이 핑 도는 느낌이 들었다.

"들어가려고?"

"네, 내일 일해야지요."

"그래야지."

애석하게도 변호사에게 진탕 취한다는 것은 용납되지 못한다. 최소한 노형진은 스스로 그걸 용납하지 않았다. 취해서 자신이 무너지면 다른 사람들이 힘들어지기 때문이다. 내일이 쉬는 날이라 할지라도 취해서 사건에 대해 떠벌릴 수도 있다.

"내일 뵙겠습니다."

"그래, 조심해서 들어가."

노형진은 먼저 자리에서 일어났다.

그렇게 길을 따라 얼마 걸었을 때였다.

"어?"

그는 이상한 느낌이 들었다. 뭔지 모를 불안한 느낌.

'살기?'

노형진은 회귀 전 미국에서 변호사 생활을 한 덕분에 이런 저런 경험이 많다. 미국이 총기 자유 국가라 패소한 상대방이 총을 들고 와서 난동을 부린 적도 몇 번이나 있었고, 가끔은 다급해진 상대방이 진짜 킬러를 보낸 적도 있었다. 그러다 보니 노형진이 살기에 대해 예민하게 반응할 수밖에 없었다.

'뭔가 잘못되었어.'

노형진은 이 자리에서 벗어나는 것이 좋겠다고 생각했다. 그래서 황급하게 길가로 가서 택시를 잡기 위해 손을 들었다. 그러나 다음 순간 손을 뒤로 뺄 수밖에 없었다. 노형진을 노리고 있던 녀석들이 그가 손을 들자 택시를 잡으려는 걸 알고 습격한 것이다.

"노형진!"

"죽어!"

"으아악!"

택시를 잡기 위해 들었던 팔 위로 떨어지는 각목. 주변에 사람이 가득했지만 그들이 습격하자 사람들은 비명을 지르면서 도망칠 뿐이었다.

"꺄아아악!"

"으아아아."

"죽어, 이 새끼야!"

노형진을 죽이려고 작심한 건지 각목을 들고 휘두르는 두 사람. 노형진은 첫 일격에서 팔이 부러졌지만 본능적으로 뒤로 데굴데굴 굴러서 그의 목을 노리는 위험한 일격을 피할 수 있었다.

"뒈져!"

"크윽!"

하지만 그의 행운도 거기까지였다. 그들의 공격에 노형진은 그대로 쓰러졌고 그들은 노형진을 사정없이 두들겨 패기 시작했다.

"으악!"

"죽어, 이 악마 자식아!"

"죽어! 죽어!"

그 두 사람은 주변의 사람들은 안중에도 없다는 듯이 각목을 휘둘렀다.

'위험하다.'

노형진은 최대한 몸을 감고 그들의 공격을 버티기 시작했다. 그러자 한 명이 칼을 꺼내 들었다. 이참에 끝내려고 하는 것이다.

끼이익!

그 순간 지나가던 택시 한 대가 갑자기 방향을 휙 돌리더니 그대로 노형진의 옆으로 치고 들어왔다. 당연히 그를 때리던 두 사람은 택시를 피할 수밖에 없었고 그 바람에 칼로 찌르려던 계획은 실패하고 말았다.

부웅부웅.

높은 턱을 넘어오느라고 택시의 범퍼가 박살 났음에도 불구하고 택시 운전기사가 차량으로 거칠게 두 사람을 밀어내자, 그들은 노형진에게 접근할 수가 없었다.

앵앵앵.

거기에다 누군가 경찰을 불렀는지 앵앵거리는 소리가 멀리서 들려오자 결국 그들은 이를 악물고는 물러날 수밖에 없었다.

"언젠가 죽여 주마, 이 씹 쌔끼야!"

고래고래 소리를 지르면서 멀어지는 두 사람.

그들이 사라진 것을 확인한 택시 운전기사는 황급하게 택시에서 내려서 노형진에게 다가갔다.

"이봐요! 괜찮습니까?"

"으으으……."

하지만 노형진은 통증 때문에 아무런 말도 할 수가 없었다.

"조금만 기다려요! 구급차가 올 겁니다."

운전기사의 말을 들으면서 노형진은 결국 까무러치고 말았다.

"괜찮나?"

"그다지 괜찮다고 말하지는 못하겠네요."

부러진 왼손을 들어 보이면서 애써 미소 짓는 노형진.

"끄응…… 미안하네. 같이 갔어야 했는데."

"아니에요. 이런 일이 벌어질 거라고는 예상하지 못했으니까요."

변호사를 습격한 사건이라 뉴스에서는 말이 많았다. 어찌 되었건 누군가 사법의 한 축을 담당하는 사람을 공격한 것이다.

"범인은요?"

"아직일세."

"끄응…… 아마 못 잡을 겁니다."

"뭐라고?"

"만구파 같더군요."

"만구파?"

"네."

분명 그들은 노형진을 습격하면서 악마니 뭐니 했다. 악마라는 단어 자체가 종교적인 부분이 강한 점을 생각한다면 분명 그들은 일반인이 아닐 것이다. 아마도 만구파의 행동대원쯤 되지 않을까?

"그럼 그들은 보호받겠군."

"그렇지요."

만구파는 여기저기에 비밀 사저를 가지고 있다. 그러니 그들을 감춰 두는 건 어려운 일이 아니다.

"왜……."

"아마도 이번 일에 대한 보복이겠지요."

노형진이 정부를 도와서 손해배상 소송을 한 결과, 무려 400억이나 받아 낼 수 있었다. 만구파로서는 상당한 피해일 수밖에 없었고 거기에다가 지금까지 노형진에게 당한 게 한두 번이 아니니 원한이 생기지 않을 수가 없었다.

"이건…… 문제군."

"그러네요."

단순히 노형진이 습격당한 게 문제가 아니다. 변호사들을 습격해 재판에 영향을 주려 한다는 점이 큰 문제다.

"경호 쪽 업무도 좀 뽑아야 할지도 모르겠네요."

"경호 쪽 말인가?"

"네, 우리가 맡는 사건들 중에는 위험한 게 많지 않습니까?"

"끄응……."

그 말에 송정한은 신음성을 흘렸다.

그럴 수밖에 없는 게 단순한 개인 간의 소송이면 문제가 안 되지만 새론의 경우에는 기업 간의 분쟁이 많다. 더군다나 최근에는 부모들을 정신병원에 넣었던 자식 놈들이 부모가 다시 나오자 말 그대로 거지가 되는 일이 많아지면서 원한을 가지는 사람이 늘어났다. 아무리 부모님한테 개털이 되었다고 하지만 미리 넘겨받은 재산이 있는 만큼 그 녀석들은 안하무인이거나 막 나가는 경우가 많았다.

“경호라……. 하지만 그러면 예산이 너무 늘어나는데.”

“개인적으로 데리고 다니는 건 안 되겠지만 위험하거나 공식 석상에서는 데리고 다녀야지요.”

“끄응…… 그런가?”

아무리 생각해도 그럴 수밖에 없어 보였다. 일단 이대로 둔다면 변호사들이 움츠러들어서 제대로 변호할 수가 없다.

“그리고 몇 번 잡아내고 나면 많이 줄어들기는 할 겁니다.”

“정보야 고 팀장이 구한다지만.”

문제는 직접 움직이는 사람들이다. 고문학은 정보 라인에서는 유명한 사람이지만 결코 흥신소처럼 사람을 써서 습격하는 일은 하지 않는다.

“그건 좀 고용해 봐야겠네요.”

“전문 경호 팀을 말인가? 비쌀 텐데?”

“아니야…… 사실은 좀 생각하는 사람이 있습니다.”

“생각하는 사람?”

“네.”

노형진은 입원한 후 이번 사건에 대해 몇 번이나 고민했다. 그리고 새론의 안전을 위해 새로운 사람들이 필요하다는 결론을 내렸다. 전문 경호 팀의 경우에는 비용 문제도 있지만 결국 그들은 외부 사람이라 함께 가지 못한다는 것이 큰 문제다. 그렇다고 아무나 고용할 수도 없는 노릇이고 말이다.

‘하지만…… 그들이라면.’

때마침 누군가가 생각난 노형진은 어쩌면 생각보다 좋은 인재를 구할 수 있을지도 모른다는 생각이 들었다.

'뭐, 일단은 퇴원하고 나서 결정해야겠지.'

그는 부러진 팔을 보면서 입맛을 다셨다.

"급격하게 우울해지네."

노형진은 병원 창문 밖에서 터지는 폭죽을 보면서 우울하게 중얼거렸다. 그 녀석들이 각목에 녹이 잔뜩 생긴 못을 박아 둔 바람에 패혈증이 생겨서 입원 기간이 길어진 것이다.

사실 부러진 팔이나 금이 간 갈비뼈는 어느 정도 시간이 해결해 주겠지만 패혈증은 항생제를 투약해야 해서 어쩔 수 없이 병원에 장기 입원을 해야 했다. 그래서 병원 침대에서 새해를 맞이해야 했다.

"우울해하기는. 이참에 쉰다고 생각해."

"그래서 더 우울해."

"너, 은근 일중독이다."

"그런가?"

누나인 노현아는 그런 노형진을 타박했다.

사실 병원에서 정신이 돌아오고 나서부터도 딱히 쉬었다고 볼 수 없었다. 담당 사건들에 대한 조언을 계속해야 했기 때문이다. 그나마 사건들을 재배당하고 추가적인 사건을 받지 않은 연말이 되자 드디어 쉴 수 있게 되었다.

"그나저나 엄마랑 아빠가 걱정이 많으셔."

"끄응."

하긴 걱정할 수밖에 없다. 노형진을 죽이려고 했다는 것이 이만저만 큰일이 아니니까.

"앞으로는 이런 일 없을 거야."

퇴원하면 바로 경호 팀을 구성할 예정이다. 그리고 그의 생각이 맞다면 그들은 어찌 보면 가장 위험한 경호 팀이 될 것이다.

"에효, 변호사가 이렇게 힘든 일일 거라고는 생각도 못 했어."

"검사보다는 덜할 것 같은데?"

"응?"

"매형 말이야. 검사가 목표라며."

"매형은 무슨."

노형진의 농담 반 진담 반에 얼굴을 확 붉히는 노현아.

"그나저나 이제 어쩔 거야?"

"일단 쉬어야지."

"그래?"

"응."

노형진은 마음을 조급하게 먹지 않기로 했다.

만구파와 사이가 틀어지긴 했지만 그걸로 인해 뭐가 바뀌는 것은 없다. 도리어 이럴 때일수록 천천히 그리고 조용히 움직여야 한다.

'군자의 복수는 10년도 이르다고 했다.'

어차피 만구파의 세력은 완전히 꺾였으니 그들의 마지막은 얼마 남지 않았다. 물론 종교 단체로서는 버틸지 모르겠지만 만구파의 대장격이라 할 수 있는 성만구만 제거한다면 그들은 힘을 잃어버리게 될 것이다.

"후우!"

"어디 가?"

"그냥 산책하러."

"너 환자거든?"

"얼마 있으면 퇴원할 환자지."

패혈증은 잡혔고 뼈가 아무는 것은 시간이 해결해 줄 것이기에 노형진은 슬슬 퇴원 준비를 하고 있었다. 하지만 그렇게 매일같이 놀고 있자니 지겨운 것이 사실. 그런 노형진의 유일한 소일거리는 병원 내부를 돌아다니는 것뿐이었다.

"나 이따가 가야 하는데?"

"네, 네, 압니다. 새해인데 데이트해야지."

"우이씨! 너, 엄마한테 이르면 죽인다."

"죽다 살아난 동생을 죽이려고?"

"우우우우…… 하여간 한마디도 안 지려고 하네."

"나 변호사라니까. 이쯤에서 포기해. 평생 그런 사람이랑 살아야 할 팔자 아냐."

"그럼 아예 같이 가."

노형진과 함께 병원 밖으로 나간 노현아는 데이트 핑계로 휑하니 떠나 버렸다.

"좋네."

눈이 와서 그런가, 제법 포근해진 날씨 덕분에 노형진은 코트 하나만 입고 바깥으로 나올 수 있었다.

"그러고 보니 누가 한 말인지 모르겠지만 정답이네."

눈 오는 날이 거지가 빨래하는 날이라는 말이 있다. 그만큼 눈이 오면 날씨가 포근해지기 때문이다.

그런 눈이 온 새해를 즐기면서 노형진은 천천히 병원 내부를 걸어갔다. 하지만 어느 순간 그는 그다지 반갑지 않은 곳에 들어가고 말았다.

"여기는?"

분위기가 좋았던 현관과 다르게 바깥에서부터 우울한 기운이 느껴지는 공간. 그리고 바깥에 나와서 담배를 피우는 사람들.

'이런, 이런.'

장례식장.

병원에 있는 그 공간은 그다지 좋은 곳이라고 할 수 없다. 모든 인간들에게는 끝이 있고 그걸 피할 수 없다. 그러다 보니 어쩔 수 없이 누군가는 거쳐 갈 수밖에 없는 곳. 그곳이 장례식장이었다.

"어? 노형진?"

노형진이 그 우울한 분위기에 왠지 자신이 있을 곳은 아니라는 생각이 들어 몸을 돌리려고 할 때였다. 누군가 그를 불렀다.

"여기는 어쩐 일이야?"

"응? 아! 선생님!"

노형진은 아는 얼굴을 보고 반가움에 다가갔다. 예전에 다녔던 학원의 장풍천 선생님이었다.

"여기는 어쩐 일이세요? 아……."

다가가던 노형진은 그의 팔에 둘린 하얀 완장을 보고 얼굴이 어두워졌다.

"아버지가 돌아가셨다."

씁쓸하게 말하는 그의 모습.

"고인의 명복을 빕니다."

"고맙다. 그런데 네가 왜 여기 있는 거야?"

"아, 사고가 좀 있어서요."

노형진이 입원했다는 사실을 몰랐던 장풍천은 솔직히 깜짝 놀랐다. 노형진은 학원 내에서도 전설로 통한다. 최단기간 내에 학점을 따고 변호사가 된 전설적인 인물이니까.

"그런데 어쩌다가……."

"사고였어."

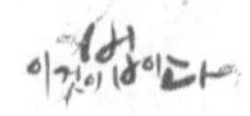

"사고?"

"그래."

장풍천의 말에 따르면 갑작스러운 사고로 돌아가셨단다. 너무 경황없는 중에 벌어진 일이라 아직 제대로 수습되지도 않은 상황.

"조문하고 싶지만 복장이 이래서……."

"마음만이라도 받으마."

아무래도 이런 상황에서는 마음이 싱숭생숭할 수밖에 없다. 특히나 부모님이 돌아가신 상황에서는 더더욱 말이다.

"다들 여전하신가요?"

"여전하시지. 네가 변호사가 되고 난 뒤로 학원은 언제나 문전성시지."

노형진이 성공적으로 유명해지자 그 기를 받겠다고 학원으로 오는 사람들이 많아졌단다.

그 말에 노형진은 입맛을 다셨다.

'그게 될 리가 있나.'

그야 미래에 변호사 생활을 해 봤기 때문에 가능했던 것뿐이다. 변호사 시험이라는 게 그렇게 쉽게 될 리가 없다.

"그나저나 로스쿨 쪽은 어때요?"

"뭐, 그쪽으로 준비 중이기는 하다."

학원도 미래를 위해 준비 중이라고 한다. 로스쿨 입시반과 변호사 시험반으로 나눠서 운영할 계획이란다.

“전보다 수익이 날지는 모르지만.”

“잘될 거예요.”

“그래. 후우.”

장풍천은 한숨을 푹 쉬면서 고개를 흔들었다. 아무래도 이런 상황에서는 일에 대한 이야기를 하는 게 쉽지 않았다.

“일단…… 들어가 봐야겠구나.”

“어딜요?”

“수의를 준비해야 하니까.”

“아…….”

사람이 죽는다면 필요한 물건이 있기 마련이다. 당장 장례에 필요한 물건이 한두 가지가 아닌 탓이다.

“일단 장지도 준비해야 하고, 정신이 없구나.”

“좀 도와 드리면 좋은데.”

“아니다. 이게 무슨 좋은 일이라고.”

장풍천은 고개를 흔들었다. 때마침 한 사람이 그에게 다가왔다.

“물건이 준비되었습니다. 가셔서 한번 보시죠.”

“그럴까요?”

장풍천은 방금 불을 붙인 장초에 불을 끄고는 그를 따라갔다. 그 순간 노형진은 그 남자의 행동이 영 미심쩍게 느껴졌다.

‘뭐지, 저 남자?’

뭔지 모를 느낌이 노형진을 거슬리게 만들었다. 과도하게 큰 행동. 시선을 피하는 듯한 눈동자. 그리고 주변을 경계하는 눈빛.

'뭔가 속이고 있어.'

인간은 거짓말을 할 때 자신도 모르게 특정 행동을 한다. 그걸 조사하고 연구하는 학문을 행동심리학이라고 하는데 노형진은 그에 대한 것을 일부 배웠기에 그의 행동에서 그가 뭔가를 속이고 있다는 사실을 알 수 있었다.

"잠시만요."

"응?"

"선생님, 거기에 잠깐 동석해도 될까요?"

"누굽니까?"

미심쩍은 얼굴로 노형진을 바라보는 남자.

"아, 제 옛날 제자입니다. 지금은 변호사를 하고 있습니다."

"아아."

변호사라는 말에 남자는 약간 주저했지만 그런 주저함은 금방 사라졌다.

'자신이 있다는 건가?'

그의 모습에 노형진은 그가 뭔가를 준비하고 있다는 사실을 확신할 수 있었다.

"함께 들어가죠."

"그럽시다. 뭐, 변호사가 있어도 달라질 건 없으니까요."

노형진은 장풍천을 따라 사무실로 들어갔다. 그리고 그곳에서 장풍천이 왜 여기에 왔는지 알 수 있었다.

"안동에서 만든 삼베입니다. 보다시피 색깔도 곱지요? 사람이 일일이 직조한 최고급품입니다."

"음."

수의였다. 수의란 장례를 치를 때 망자에게 입히는 옷이다. 그걸 구입하기 위해 장풍천이 부탁한 모양이었다.

"좋군요."

"그렇지요?"

노형진은 그 옷을 만져 보고는 얼굴을 찌푸렸다.

'매끄러워.'

무척이나 매끄러운 옷이다. 그래서 노형진은 이상하게 느꼈다.

'어째서?'

삼베란 마에서 나오는 실로 직조하는 아주 옛날 방식의 옷이다. 그런데 마라는 것 자체가 대마에서 나오는 식물성 섬유다 보니 뻣뻣하고 거칠 수밖에 없다. 그런데 부드럽다니?

'전통 직조로 이렇게 나올 리가 없는데?'

노형진도 삼베에 대해 잘 아는 건 아니다. 하지만 삼베라는 것이 이렇게 부드러운 물건이 아니라는 것은 직접 장례를 치러 본 경험을 통해 알고 있었다. 물론 이제는 아주 먼 미래의 일이겠지만.

"그리고 이건 병산에서 나온 도자기입니다. 부모님께 예를 다하기에는 충분하지요."

"그런가요?"

"네."

장풍천은 그걸 만져 보면서 눈물을 흘렸다. 하긴 부모님이 돌아가셨으니 이만저만 힘든 것이 아닐 것이다. 더군다나 장례를 치를 때 쓸 삼베옷과 유골함을 보면 더욱 억장이 무너질 것이리라.

"좋습니다. 이걸로 하죠."

"네, 준비하지요."

남자는 바로 그걸 치우려 했다. 그때 그걸 만져 보던 노형진이 그런 그를 멈췄다.

"잠시만요."

"네?"

"잠깐 그거, 나도 좀 봅시다."

"무슨 말씀이신지?"

"나도 좀 보자고요."

이상했다. 이상해도 너무 이상했다.

일단 보여 준 이 물건을 넘겨주는 것이라면 여기서 포장해도 된다. 그런데 서둘러 안쪽으로 가지고 가는 것도, 제대로 볼 틈도 거의 없다는 것도 이상했다. 보여 준다고 하지만 장풍천은 감정이 격해져서 거의 살펴보지 못했기 때문이다.

"이게 얼마라고요?"

"이 삼베가 500만 원, 이 항아리가 600만 원입니다."

"합쳐서 1,100만 원?"

"네."

노형진은 잠시 그 옷을 바라보았다. 그러고는 손을 올렸다.

'확실하게 하는 게 좋겠지.'

그런 삼베옷이라면 당연히 한 사람이 일일이 씨실과 날실을 엮어 가면서 만들어야 할 것이다. 그러니 그런 기억이 있을 거라 생각해서 노형진은 삼베옷에 정신을 집중하고 기억을 읽어 냈다. 하지만 흘러들어 오는 기억을 보고 어이가 없어졌다.

"이게 국산이라고요?"

"네, 안동에서 40년째 삼베옷만 전문적으로 만드시는 장인께서 만들어 주신 겁니다."

"그리고 이 항아리는 명인이 만든 거라고요?"

"네, 명인이 만든 수백 개의 항아리들 중에서 살아남은 몇 개 안 되는 항아리입니다."

노형진은 화내지 않으려고 했지만 진심으로 화낼 수밖에 없었다. 졸지에 가족을 잃어버렸던 미래의 기억이 그를 분노케 하고 있었다.

"야, 이 개새끼야, 네가 그러고도 사람이냐?"

"뭐?"

"뭐라고? 형진아, 갑자기 그게 무슨 소리냐?"

노형진의 입에서 거친 욕이 나오자 깜짝 놀라는 두 사람.

"선생님, 이 새끼, 사기꾼입니다."

"사기꾼이라니?"

"안동에서 장인이 만들어? 이거 한 벌당 5만 원짜리 중국산이잖아! 그리고 뭐? 항아리 명인? 지랄하지 마. 이것도 3만 원에 중국에서 들여온 거잖아."

그 말에 얼굴이 딱딱하게 굳는 남자와 어이가 없다는 듯 바라보는 장풍천.

"인간이 말이야, 범죄를 저지르면 안 되기는 하지만 아무리 그래도 때와 장소는 가려야지. 뭐? 1,100만 원? 이런 개자식을 봤나!"

"지금 무슨 말을 하시는 겁니까?"

남자는 애써 부정하려고 했지만 노형진은 그가 빼 가려는 옷을 꽉 잡았다.

"명인이 만들어서 부드러워? 웃기는 소리 하지 마. 일일이 씨실과 날실을 엮어서 만드는 옷이 어떻게 부드럽냐? 이렇게 균일한 마모도를 가지는 것은 공장에서 대규모로 만들어서 그런 거 아냐? 안 그래?"

"크흠…… 사기 싫으면 안 사면 될 거 아닙니까?"

슬쩍 물건을 빼내려고 하는 남자. 하지만 노형진은 그냥 물러날 생각이 없었다.

다른 사람도 아닌 망자를 농락하는 놈들이다. 아니, 어차피 그들은 죽었으니 모른다고 할 수도 있다. 하지만 부모 형제를 잃어버린 사람들의 아픈 가슴을, 그래서 최후에라도 좋은 걸 해 주고 싶어 하는 사람들의 마음을 이용해서 사기 치는 녀석을 용서할 수가 없었다. 어쩌면 지난번 사건의 분노가 여기서 터지는 것일지도 모른다. 하지만 그런 건 상관없었다.

"이 개새끼야, 최소한 사람이 양심이 있어야지."

"당신, 이게 무슨 말이야? 지금 나한테 물건을 속인 거야?"

노발대발하는 노형진의 모습에 상황을 눈치챈 장풍천이 다그치기 시작하자, 남자는 황급히 옷을 빼앗으려고 했다. 하지만 노형진은 그걸 빼앗기지 않으려고 했다. 증거이기 때문이다. 명백한 사기 미수.

"경비! 경비!"

남자가 당황해서 외치자 경비원이 문을 열고 들어왔다.

"이 인간들, 끌어내! 어디서 행패질이야! 행패질이!"

"행패? 유가족한테 사기를 치고 행패? 아주 막 나가는구나!"

노형진의 고함이 열린 문 밖으로 새어 나갔는지 사람들이 몰려들기 시작했다.

"무슨 일입니까?"

"끌어내!"

더욱 당황해서 노형진과 장풍천을 끌어내라고 하는 직원의 모습에 노형진은 제대로 걸렸다는 사실을 알아챘다.

노형진은 주저하지 않고 유골함을 번쩍 들었다.

그가 사기로 된 유골함을 들고 있자 혹시나 깨질까 봐 경비원들은 제대로 접근하지도 못했다. 그러자 노형진은 그 유골함을 들고 바깥으로 나갔다.

"혹시 여기 계신 유가족분들 중에 이렇게 생긴 유골함을 구입하신 분, 계십니까?"

"응?"

잠깐 침묵이 흐르던 와중에 저쪽에서 한 사람이 다가왔다.

"우리가 구입한 건데요?"

"우리도."

"어?"

똑같은 유골함이 세 개가 나왔다는 사실에 나온 사람들은 당황했다. 구입한 사람들의 것이 둘, 노형진이 들고 있는 하나.

"무슨 소리입니까, 우리가 구입한 건데?"

"아닙니다. 어제 우리가 구입했는데?"

그 말에 코웃음이 나오는 노형진이었다.

"뭐? 명인이 하나하나 만들어? 그 잘난 명인은 얼마나 잘났기에 똑같은 유골함을 몇 개씩 만드냐?"

순간 노형진의 말을 이해하지 못해 멍하니 유골함을 바라보던 유가족들은 한참이 지나자 상황이 이해되기 시작했는지 분노을 터트리기 시작했다.

"잠깐만…… 그럼 이 유골함이 가짜?"

"가짜는 아니죠. 다만 메이드 인 차이나라는 거죠."

"뭐라고요! 야, 인마! 풍천에서 명인이 만든 거라면서!"

"풍천? 난 이천이라고 들었는데?"

"전 병산에서 만들었다고 들었는데?"

심지어 똑같은 항아리를 제작한 곳이 다르다는 사실에 사람들은 깜짝 놀랐다.

"그러니까 똑같이 생긴 유골함을 명인이라는 사람이 세 곳을 돌아다니면서 만들었다고? 그게 말이 됩니까?"

"이게 무슨 소리야?"

"이런……."

설마 이런 일이 벌어질 거라 생각하지 못했던 직원은 당황함을 감추지 못했다.

"이 일에 대해 말 좀 해 보실까?"

노형진의 말에 직원은 눈치를 보기 시작했다.

원래 이런 사업을 할 때 상대방이 사기당한다는 사실을 거의 알지 못한다. 자기 장례를 치르기도 바쁜 데다가 장례 중에 남이 뭘 샀는지 알려고 하지도 않다 보니 알 수가 없는 것이다. 설사 좀 친해진다 해도 어차피 사흘 뒤면 다시는 오지 않을 손님이다. 그래서 슬쩍 사기를 쳐도 문제가 되지 않았다. 오늘까지는.

"이봐요! 이게 무슨 소리입니까?"

"야! 여기 사장 나오라고 해!"

점점 사무실로 몰려드는 사람들.

그들은 분노했다. 여기 있는 사람들 중에서 상을 치를 때의 슬픔을 모르는 사람은 없었다. 그런데 그걸 이용해서 사기를 치다니.

"이런 싯팔……."

직원은 눈치를 보다가 재빨리 안으로 들어가 문을 잠가 버렸다.

"야!"

"이 새끼야! 문 열어!"

사람들은 폭발하기 직전이었다.

쾅!

"문 열라고, 이 씨발 새끼야!"

급기야 사람들은 문을 미친 듯이 두들기기 시작했다.

"잠시만요!"

노형진은 그들을 진정시켰다.

"잠시만 진정하시고 조용히 해 주세요."

노형진은 귀를 문에 대고 안쪽의 소리를 들었다.

"사장님, 큰일 났습니다! 걸렸습니다!"

안쪽에서 들리는 소리. 아마도 일이 커지는 듯하자 사장에게 전화를 건 모양이었다.

"사장을 부르는 모양이군요."

노형진의 말에 더욱 분노하는 사람들.

"자, 자! 다들 진정하십시오. 우리가 화낸다고 해서 일이 해결되는 건 아닙니다."

"그럼 지금 상황에서 화내지 않게 생겼습니까?"

그들이 분노하는 이유는 자신이 속았다는 것보다 망자를 속였다는 것이 더 컸다. 이제는 볼 수 없는 가족이 최후의 순간까지 사기당했다는 것에 그들은 분노하고 있었다.

"전 변호사입니다. 일단은 경찰을 부릅시다. 이대로 우리가 화가 난다고 소리를 지르면 역습당할 수도 있습니다."

"역습?"

"사기꾼들은 한두 번 해 본 게 아닙니다. 아마도 업무방해니 뭐니 하면서 입 닥치라고 하겠지요."

"크윽…… 저 개 같은……."

"개 같은 놈들이니까 개같이 대해 주면 우리가 불리해집니다. 제게 맡기시기 바랍니다."

노형진은 사람들을 모으기 시작하자 사람들은 여기저기 전화하기 시작했다.

⚖

"우와."

사람들은 엄청난 속도로 모여들었다. 심지어 출동한 경찰들조차 당황할 정도로 피해자 숫자가 늘어나고 있었다.

그럴 수밖에 없는 게, 장례식장은 주변에 사는 사람들이 사용하기 마련이다. 즉, 지금 조문객으로 온 사람들은 한때 이곳에서 상주 노릇을 한 적도 있다는 뜻이다.

그러다 보니 화가 난 사람들이 이 사실을 다른 상주들에게 전화로 알리자 사기당했다는 사실을 알아챈 유가족들이 머리끝까지 화가 나 병원으로 달려오면서 피해자가 시시각각 늘어나고 있었다.

"당신들 뭐야!"

부랴부랴 내려오는 한 남자.

그는 장례식장의 사장이었다. 지방에 있다가 급하게 달려와 보니 사무실이 사람들에게 포위당해 문도 열지 못하고 있었다.

"우리? 유가족 대책 협의회입니다."

노형진은 앞으로 나서서 그를 노려보았다. 이런 사건을 단순히 직원이 했을 리 없다. 더군다나 아까 통화하는 걸 들었다. 그는 분명 '사장님.'이라고 했다.

"유가족이고 나발이고 어디서 업무방해를 하는 거야? 콩밥 먹고 싶었어?"

"이제 콩밥 안 먹습니다. 그리고 우리는 업무방해 한 적 없습니다. 유가족이 장례식장에 있는 게 문제가 됩니까? 그리고 우리는 정중하게 대화를 청하고 있습니다만. 문을 잠그고 버티는 건 당신네 직원인 것 같은데요?"

"무슨 개소리야?"

"여기 경찰한테 물어보세요."

사장은 출동한 경찰에게 바라보았다. 그러자 경찰은 어색하게 웃었다.

"확실히 업무방해로 보기는 좀……."

장례식 유가족이 여기에 있는 것은 불법이 아니다. 그리고 이들은 공격 행위를 하거나 소리를 지르거나 끊임없이 전화하지 않았다. 그저 문을 열어 달라고 부탁한 것인데 그걸 거부하고 문을 열어 주지 않은 것이다.

"이런 씨발 새끼들! 안 꺼져!"

사장은 다급해졌다. 이 안에는 관련 증거들이 있다. 당연히 그것들이 드러난다면 나중에 문제가 될 것이 뻔하기에 어떻게든 증거를 없애야 했다.

하지만 완전히 밀폐된 상황에서 수십 벌이나 되는 수의와 동일한 수의 도자기들의 잔해를 단시간 내에 치울 수는 없다.

불에 태우는 방법도 있지만 소방 방재 시스템이 작동해 불을 끌 테고 설령 꺼지지 않더라도 내부에 있는 직원이 질식사할 가능성이 높다.

"이봐요, 경찰! 이 새끼들을 해산시켜요!"

"아니, 그러고 싶은데……."

정식으로 변호사까지 동원해서 끼어든 상황이라 그러기가 쉽지 않았다. 환자복을 입은 남자가 변호사라고 하기에 처음에는 코웃음을 쳤지만 그게 사실로 드러나자 아무리 경찰이라고 해도 막 대할 수가 없었던 것이다. 게다가 문제는 그것만이 아니었다.

끼이이익!

문 앞에서 들리는 브레이크 소리. 그리고 그 안에서 내리는 사람들.

그걸 본 사장의 얼굴이 새파랗게 질렸다.

그들의 손에 들린 카메라. 그건 기자들이라는 뜻이었다. 더군다나 그들이 타고 온 차량마다 방송국이나 신문사의 이름들이 적혀 있었다.

"어…… 어떻게 이렇게 빠르게."

"왜 그렇게 사색이 되십니까? 뭐, 찔리는 게 있나 봅니다?"

노형진은 사장에게 깐죽거리면서 다가갔다. 그러자 사장의 얼굴이 일그러졌다. 빼도 박도 못하게 되었다는 사실을 알아챈 것이다.

"젠장."

그는 몸을 돌려서 나가려고 했다. 하지만 그마저도 실패하고 말았다.

"이게 무슨 일인가?"

장례식장으로 들어오는 한 남자.

그는 바로 이 병원의 원장이었다. 사방에 가득한 사람들과 기자들에 대한 소식을 듣고 황급하게 온 것이다.

"매, 매형."

원장을 본 사장의 얼굴이 딱딱하게 굳었다. 그 말을 들은 노형진은 혀를 끌끌 찼다.

'어쩐지 그럴 줄 알았다.'

장례식장에서 장사하는 것은 생각보다 엄청나게 돈이 된다. 그래서 대형 병원의 장례식장에는 입점하려는 곳이 많기 마련이다. 그런 곳에 저런 인간이 용케 자리를 잡고 있는가 싶었더니만.

"매형?"

"그래서 그런 거야?"

"어쩐지 믿는 구석이 있었구만."

원장은 당황했다. 사장이 처남이기는 하지만 이번 사태가 어떻게 된 건지 전혀 이야기를 듣지 못했기 때문이다.

"죄송합니다. 지금 상황이 이해가 가지 않아서 그러는데 설명 좀 해 주시면 저희가 오해를 풀고……."

"오해? 유가족한테 사기를 치고 오해?"

"사기요?"

사기라는 말에 얼굴이 딱딱해지는 원장. 아무리 원장이라지만 이런 거대 병원은 완전히 그의 것이 아니다. 즉, 어느 정도 권력은 있을지언정 마음대로 할 수는 없는 것이다. 그런 상황에서 무리해서 처남에게 장례식장 운영권을 줬는데 사기라니?

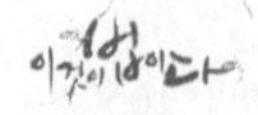

"당신 처남이라는 사람이 유가족들에게 수십만 원도 안 되는 물건을 무려 수천만 원에 팔아먹다가 걸렸습니다."

"네?"

"고작 몇십만 원짜리 수의와 유골함을 무려 1천만 원이 넘는 가격으로 팔다가 걸렸단 말입니다."

"그, 그게 무슨……."

"하실 말씀 있습니까?"

노형진의 말에 원장은 침을 꿀꺽 삼켰다.

'이런 멍청한 녀석, 결국 사고를 치는구나.'

대형 병원이라 해도 이미지 관리는 신중히 해야 한다. 아니, 대형 병원이기에 더욱 조심해야 한다. 그런데 사기라니.

"증거는……."

"저 안에 있지요. 그런데 직원이 문을 안 열어 주네요."

"……."

원장은 그 사무실을 바라보았다. 굳게 잠겨 있는 문. 분명 그 너머에는 증거가 있을 것이다.

'어쩌지?'

여기서 처남의 편을 들어 줄 수도 있다. 그러기 위해 원장으로서 경찰과 경비에게 부탁해 이들을 해산시킬 수도 있다.

"매형, 거짓말입니다. 이건 아니에요. 제가 그럴 리가 없지 않습니까?"

장례식장의 사장은 땀을 삘삘 흘리고 있었다. 하지만 처남의 성정을 알고 있는 그로서는 도무지 그 말을 믿을 수가 없었다. 애초에 그에게 장례식장을 맡긴 것도 취업도 못하고 놀기만 하는 그가 불쌍하다고 와이프가 성화해서 그런 것 아닌가?

"문 열게."

"매, 매형."

"문 열라고 했네."

이런 상황에서 지켜야 하는 것은 병원. 딱 선을 긋고 꼬리를 잘라 내야 한다.

"매형…… 그건……."

"김 실장! 당장 열쇠 가지고 와!"

"넵!"

눈치를 보고 있던 실장은 어디론가 뛰어갔다.

아무리 외부에 임대 형식으로 운영권을 줬다고 하지만 엄연히 병원 시설이니만큼 그 열쇠를 가지고 있는 게 정상이다. 얼마 지나지 않아 김 실장이라는 사람은 열쇠를 가지고 돌아왔다. 그러자 노형진은 원장에게 슬쩍 다가갔다.

"선을 그어 두는 게 목적이라면 직접 여시는 게 좋을 겁니다."

조용히 말하는 노형진의 모습에 원장은 슬쩍 그를 바라보았다.

"변호사입니다."

원장은 대번에 무슨 뜻인지 알아챘다. 변호사 중 유능한 사람은 이런 상황에 어떻게 행동해야 언론에 어떻게 보이는지 잘 알고 언론 플레이를 도와주기 때문이다.

"열쇠를 주게."

"네?"

"열쇠를 달라고 했네. 만일 이게 사실이라면 원장으로서 절대로 그냥 넘어갈 수 없네."

"네, 원장님."

실장은 그 단호한 모습에 조용히 열쇠를 건넸다. 그걸 받은 원장은 당당하게 걸어가서 열쇠로 문을 열었다.

그 모습을 기자들은 연신 찍어 댔다.

끼이익.

문이 열리자 그 안에 숨어서 바들바들 떨고 있는 직원의 모습이 보였다. 그러자 원장의 등 뒤에 선 기자들이 그 상반된 장면을 미친 듯이 찍어 대기 시작했다.

"워…… 원장님."

직원은 일이 어떻게 돌아가고 있는 건지 모를 리 없다. 원장이 문을 스스로 열었다는 것 자체부터가 자신들을 버렸다는 뜻이니 벗어날 길이 더 이상 없다는 것이나 마찬가지였다.

"구입 내역서를 보여 주십시오."

노형진이 앞으로 나서서 말하자 직원이 미친 듯이 눈을 돌렸다. 하지만 사장보다 더 무서운 원장이 입구에 서 있고 사장은 보이지도 않았다. 더 이상 물러날 곳도 없었다.

원장은 입이 바짝바짝 말랐다. 아무리 자신이 모르는 상태에서 벌어진 일이라고 하지만 이 일이 외부에 공개된다면 병원이 큰 타격을 입게 된다. 그러기 위해서는 잔인하더라도 이들과 거리를 둬야 한다.

그리고 노형진 또한 그걸 알고 있었다.

'결국은 버릴 수밖에 없을 것이다.'

노형진은 원장과 스치는 짧은 순간에 그가 이번 사건에 대해 전혀 모르고 있다는 사실을 알아채고는 그를 이용하기로 마음먹었다. 그는 어떻게든 병원을 보호하려고 할 테니 그렇다면 버려지는 것은 장례 업체가 된다. 절대적인 우위에 있는 병원이 장례 업체를 버린다면 결론은 난 것이나 마찬가지.

그리고 병원 원장쯤 되면 이런저런 정치 싸움은 다 해 본 사람이니 그 목적을 한 번에 이해하고 따라올 것이다. 버릴 때는 완전히 버리고 서로 윈윈하자는 것이다.

"내놓게나."

"하지만 원장님…… 이건…… 저희 개인 사업 기록인데……."

"개인? 지금 개인이라고 했나? 우리 병원에서 우리를 도와 유가족들을 돌보라고 허가해 줬더니 개인? 이 공간이, 이 사업체가 네놈들의 물건인 줄 알아!"

원장의 노호성. 그리고 찔끔하는 직원.

"어차피 고발이 들어갈 거다. 그리고 그 손해배상도 청구할 거야. 그걸 순순히 넘겨주고 선처를 받겠나, 끝까지 지키고 함께 고발당하겠나?"

최후통첩에 직원은 이리저리 눈을 돌려서 사장을 찾았다. 그리고 바깥에서 어떻게든 들어오려고 하는 사장을 발견했다. 하지만 사장은 주변을 가로막고 있는 사람들 때문에 들어오지 못하고 있었다. 그는 직원의 시선을 느낀 건지 안 된다고 격하게 고개를 흔들었다. 하지만 직원에게는 선택권이 없었다.

"드……리겠습니다."

그는 결국 고개를 푹 숙이고는 구입 내역서를 출력해서 원장에게 내밀었다.

원장은 그걸 받아 들고는 부들부들 떨었다. 중국에서 사 온 싸구려 물건을 엄청난 가격에 팔아먹은 흔적이 여기저기 있었던 것이다. 수의와 유골함뿐만이 아니었다. 40만 원짜리 소나무 목관을 800만 원짜리 고급 관으로, 4천 원짜리 향을 15만 원으로. 그 모든 물건들을 통해 터무니없는 폭리를 취하고 있었다. 하루에 최소 세 팀이 장례를 치르는 걸 생각하면 그 피해는 엄청날 수밖에 없었다.

'이런 미친.'

아무리 처남이라고 하지만 이건 도무지 넘어가거나 보호해 줄 수준이 아니었다. 단순히 계산만 해도 이 일을 1년 넘게 했다면 못해도 수십억을 해 먹은 게 된다.

"원장님."

노형진의 말에 원장은 그를 바라보다가 그에게 그 서류를 건넸다. 그리고 뒤에 서 있는 유가족을 향해 무릎을 꿇었다. 자신과 병원이 살아남기 위해서는 이런 사건을 사전에 차단하는 게 중요했다.

"관리를 제대로 하지 못하여 이런 일이 벌어진 점, 원장으로서 사과드립니다."

그 말에 장례식장의 사장은 그대로 무너지고 말았다.

"자네는 한시도 쉴 생각이 없구만."

"하하하."

새론의 변호사들은 장례식장에까지 와서 소송 대리 접수를 받고 있었다. 기록을 정산한 결과, 그런 행동이 무려 2년이나 지속되어 사기로 착복한 금액이 무려 450억이나 되었다.

노형진은 원장과의 거래를 통해 병원에는 일절 책임을 묻지 않는 대신 모든 협조를 받기로 했고, 장례식장의 사장과 직원은 현장에서 체포되어 경찰서로 끌려갔다.

"그래도 화가 나잖습니까?"

망자에게 사기를 치다니, 인간으로서 하면 안 될 짓도 가리지 못한다고 생각했던 노형진은 진심으로 화가 났다.

"하긴, 그렇긴 해. 설마 이런 상황에서조차 사기를 치는 놈이 있다니.”

“그러니까 더 쉬운 거죠. 누가 그 상황에서 의심하겠습니까?”

정신없는 상황에서 도무지 의심할 여건이 되지 않으니 사기를 치기에는 가장 좋았을 것이다. 더군다나 모든 증거들은 화장하거나 매장하면 영원히 사라진다. 문제 될 것이 없다.

“씁쓸하군. 이래서 검은 머리 짐승은 키우지 말라는 건가.”

“글쎄요.”

씁쓸하게 말하는 송정한.

그 역시 부모님을 떠나보낸 처지라 돌아가신 분들에게 최고의 예를 하고자 했던 피해자 가족들의 마음을 이해했다.

“일단 이번에 제대로 잡았으니 한번 대대적으로 털어야겠지요.”

“대대적으로?”

“여기서만 벌어지는 일인 것 같지는 않으니까요.”

“아…….”

이곳에서만 벌어진 일일까?

아니다. 그럴 리 없다.

‘내 기억에도 그래.’

지금은 아니지만 미래에 이 문제가 한번 터진다. 그런데 그 사건이 터진 장례식장은 이곳이 아닌 다른 곳이었다. 즉, 여러 곳에서 동일한 범죄가 벌어지고 있다는 뜻이다.

“다들 죽겠다고 끙끙거리겠군.”

"어쩌겠습니까? 그렇다고 잘못된 걸 넘어갈 수는 없는 노릇이지요."

"그렇지."

씁쓸한 장면을 보면서 그 두 사람은 똑같이 한숨을 쉬었다. 세상이 바뀌는 날은 여전히 멀었다.

새론 경호 팀의 발족

"이 새끼들아!"

"꺄아악!"

노형진은 퇴원 후 일을 준비하다가 입구에서 들리는 비명 소리에 번개같이 튀어나왔다. 그러자 사무실의 입구에서는 한 무리의 사람들이 난동을 부리는 게 보였다.

"여기 사장 나오라고 그래! 사장!"

각목과 회칼을 들고 공포스러운 분위기를 조성하고 있는 그들. 그들은 입구를 틀어막고 주변 집기들을 부수면서 공포스러운 분위기를 만들어 내고 있었다.

"당신들 뭡니까!"

"아, 너 같은 시다바리 말고 사장 나오라고! 사장!"

쾅!
입구에 잇는 의자 하나를 발로 차면서 잔뜩 겁주는 남자.
노형진은 그들을 보면서 얼굴을 찌푸렸다.
'조폭이로군.'
안 그래도 이번에 각 장례식장들을 조사하는 과정에서 장례식장 뒤에 상당수 조폭들이 있다는 사실을 알게 되어 '혹시나 그들이 해코지를 하지 않을까?' 하는 생각을 했다. 습격사건도 겪었으니 말이다. 그런데 아니나 다를까, 그중 일부가 겁주겠다며 습격한 것이다.
'보아하니 계보도 없는 동네 조폭이군.'
계보란 일종의 분파다. 가령 'A'라는 거대 그룹 아래에 '가'라는 조직이 있는 식이다. 그런데 그런 곳은 절대로 변호사 사무실을 건드리지 않는다. 변호사들은 사법의 한 축으로 보호받는 데다가 현재 사법연수원 체계에서는 모두 동문이고 판사든 검사든 나오면 변호사를 하기 때문에 안전을 위해서라도 변호사에 대한 습격을 용서하지는 않는 것이다. 여차하면 자신들을 변호해야 하는 게 변호사들이니 말이다. 따라서 변호사를 습격했다는 것 자체가 계보도 없는 동네 양아치라는 것을 뜻한다.
"사장 나오라고! 쌰앙!"
각목으로 유리문을 박살 내는 녀석.
노형진은 경찰을 부르는 대신 방 코너에 놓인 분말소화기를 들었다. 어차피 누군가 경찰에 신고할 테니.

"이봐요."

"뭐야? 네가 사장이냐?"

"사장치고는 완전 애송이인데?"

노형진이 부르자 그를 보고 고개를 갸웃하는 조폭들. 노형진은 대답하는 대신 그들을 향해 분말소화기의 버튼을 눌렀다.

푸화아악!

"으악!"

"이게 뭐야!"

갑자기 들이닥치는 소화기 분말에 깜짝 놀라서 바둥거리는 조폭들.

그걸 본 주변 직원들 역시 소화기를 들고 마구 뿌려 대기 시작했다. 소화기는 이런 경우에 제압용으로 쓸 만하다. 물론 상대방이 죽이려고 작정하고 덤비는 경우에는 도움이 안 되겠지만, 지금은 상대방이 그러기 위해 온 것이 아니니까.

"콜록콜록!"

주변에 분말이 가득하자 숨을 쉬지 못하고 콜록거리는 조폭들.

"붙잡아요!"

노형진이 소화기를 뿌리면서 외치자 몇몇 용기 있는 남자들이 앞으로 나서서 소화기가 멈추는 순간 달려들었다.

"으아아아!"

조폭들은 깜짝 놀랐다. 소화기 때문에 시야도 안 보이는데다가 숨까지 쉬지 못해 힘들어 죽겠는데 그 분말 속에서 갑자기 남자들이 뛰어들어 온 탓이다.

쾅!

"어이쿠!"

"크헉!"

남자들이 사력을 다해 밀어붙이자 조폭들은 제대로 저항도 하지 못하고 바닥을 나뒹굴었다.

"지금이다!"

그걸 본 다른 사람들이 달려들어서 쓰러진 조폭들을 미친 듯이 패기 시작했고 몇몇은 어디선가 케이블 타이를 가지고 와서 그들을 묶기 시작했다.

"콜록콜록."

그 과정에 분말을 뒤집어쓰기는 했지만 결국 경찰이 올 때쯤에는 그들은 팔과 다리를 묶인 채로 바닥을 나뒹굴고 있을 수밖에 없었다.

"거참, 어이가 없구만."

경찰조차도 변호사들을 대놓고 습격한 그들을 보고 혀를 끌끌 찰 수밖에 없었다. 노형진은 뒷수습을 직원들에게 맡기고 안으로 들어왔다.

"아무래도 사람을 고용해야겠네요."

"그렇겠지?"

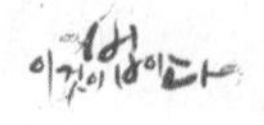

이번 일은 송정한도 심각하게 받아들이고 있었다. 아무리 아무것도 모르는 조폭이라지만 그래도 습격은 습격이다.

"그나저나 자네가 말한 그 전문가라는 건 무슨 뜻인가?"

"전문가요?"

"그래, 경호 전문가라고 하지 않았나."

"하하."

노형진은 어색하게 웃었다. 경호 전문가라는 말은 한 적도 없는데 송정한이 아무래도 오해한 듯했다.

"그때 말씀드린 건 오해입니다. 경호 전문가가 아니라 범죄 전문가죠."

"범죄 전문가?"

"네."

노형진의 말에 흠칫하는 송정한. 다른 곳도 아닌 변호사 사무실에서 범죄자를 고용하겠다는 건 좀 위험한 발언이기 때문이다.

"설마 무슨 조폭이나 그런 건가?"

"아닙니다. 사실 조폭 같은 건 써먹지도 못해요."

대부분의 조폭들은 대부분 시다바리라고 하는 아래에서 잡일이나 하는 놈들이라 전문가라 할 수 없다. 그렇다고 위에 있는 놈들이 여기로 올 리는 없고 말이다.

"음…… 예를 들면 미국의 《캐치 미 유 어 라이프》이라는 영화 아시죠? 그게 실화라면 믿으시겠어요?"

《캐치 미 유 어 라이프》은 FBI에 고용되어 그 천재적인 사기 능력을 발휘한 사람의 일대기를 그린 오래된 영화다.

"네, 그 영화처럼 이제는 손을 털고 싶어 하는 전문 범죄자를 구하는 거죠. 물론 안전상의 문제가 있으니 건물은 따로 구하고 그들에게는 이곳의 출입을 제한하는 겁니다. 하지만 그것만 해도 그들은 만족할걸요?"

"흐음……."

"그 말, 잘 아시지 않습니까? 가장 법을 잘 아는 사람들은 변호사 아니면 사기꾼이라는 거."

"그건 그렇지."

변호사들이 법에 대한 해석의 전문가라면 사기꾼들은 법을 이용하는 방법에 대한 전문가다. 어찌 보면 자물쇠와 열쇠 같은 사이랄까?

"어차피 손을 털면 먹고살 수가 없습니다. 그런 자들을 고용한다면 충분히 이용 가치가 있지요."

"끄응……."

노형진이 가끔 범죄자들의 도움을 얻는다는 건 송정한도 알고 있었다. 그런데 아예 팀을 꾸려서 준비하자고 하다니.

"어차피 사기 사건은 계속 늘어나고 있지 않습니까?"

"그거야 그렇지."

그리고 변호사들은 그에 대한 반응이 느리다. 아무리 법적으로는 해석해도 사기가 성립되지 않으니까.

"음, 그거야 그렇다 치고 경호 문제는 어쩌자는 건가?"

아무래도 송정한 역시 이참에 새로 경호 팀을 만드는 걸 생각하고 있는 모양이다.

"그건 제 마음대로 되는 게 아닙니다. 상대방이 수긍해 준다면 되는 거고 안 된다면 별수 없는 거죠."

"그래?"

"네."

"일단 만나 봐야 안다는 소리군."

"네."

그렇게 말하면서도 잘될지는 확실하지 않았기 때문에 노형진은 걱정이 많았다. 그러나 그를 고용하는 것이 가장 확실한 방법일지도 몰랐다.

⚖

"후우!"

노형진은 허름한 빌라를 올려다보았다.

"정우찬이라……."

정우찬.

만일 함께 회귀한 사람이 있다면 그 이름이 노형진의 입에서 나왔을 때 기겁하면서 도망쳤을 것이다. 그도 그럴 것이, 정우찬은 희대의 살인마이기 때문이다. 그의 손에 죽은 사람만 해도 무려 서른세 명. 그들은 하나같이 고문당해 처절하게 비명을 지르면서 죽어 갔다.

그리고 노형진이 정우찬을 아는 이유는 회귀 전에 그가 변호한 대상인 탓이다.

"아직은 살인을 저지른 시점이 아니니…… 쩝."

원래 정우찬은 소시오패스다.

사이코패스와 소시오패스는 다르다. 사이코패스는 선천적으로 감정을 조절하는 영역인 전두엽의 기능이 저하되어 아예 감정이라는 걸 이해하지 못한다. 그러다 보니 이게 왜 나쁜 짓인지도 이해하지 못한다. 그래서 사람을 고문해 죽이기도 한다.

반면에 소시오패스는 이게 누군가가 슬퍼할 일이자 나쁜 짓이라는 것도 이해한다. 하지만 그들에게는 양심이 없다. 그래서 그런 일을 서슴없이 할 수 있다.

따라서 사이코패스가 감정이 없는 존재라면 소시오패스는 양심이 없는 존재라고 할 수 있다.

'그래도 소시오패스는 갱생이라도 가능하지.'

사이코패스는 감정을 느끼지 못해 상대방의 고통이나 괴로움을 느끼는 데에 집착한다. 그래서 대부분의 사이코패스는 치료가 힘들다.

그에 반해 소시오패스는 목적에 집착한다. 그래서 목적만 확실하게 부여한다면 통제할 수 있다.

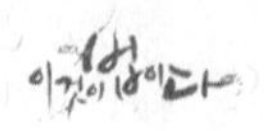

문제는 그가 납득할 만한 목적을 부여하는 게 쉽지 않다는 것.
하지만 정우찬은 노형진이 직접 변론해서 잘 알고 있었다.
정우찬의 어머니. 그가 정우찬의 목적이었다.
정우찬의 어머니는 평생을 고생하면서 정우찬을 키웠다. 아버지가 사업을 한답시고 전 재산을 날리고 죽어 버리는 바람에 빚을 갚으면서 말이다. 하지만 암에 걸렸고 결국 돈이 없어서 병원에서 쫓겨났다.
그 결과, 그녀는 죽었는데 그게 최악의 상황을 불러일으켰다. 삶의 목적인 어머니가 죽자 정우찬의 목적이 바뀐 것이다, 복수로.
그때부터 그는 살인마가 되었다. 부모님을 쫓아낸 병원 관계자, 보험금 지급을 거절한 보험회사 직원, 시도 때도 없이 와서 어머니를 괴롭히던 빚쟁이들, 살아생전 어머니를 무시하던 친척들까지 죽인 결과 무려 서른세 명이라는 희대의 살인극을 벌였다. 소시오패스에, 머리까지 좋아 흔적이 거의 남지 않은 탓이다.
'위험한 짓이 아닌지 몰라.'
아무리 그래도 미래의 살인마를 고용하는 것은 위험한 짓일지도 모른다. 하지만 잘만 하면 미래의 서른세 명을 구할 뿐만 아니라 그 누구보다 확실한 보디가드를 얻는 셈이다. 새론의 변호사를 죽이기 위해서는 그를 죽여야 할 테니까. 하지만 그는 조폭 따위는 명함도 내밀지 못하는 희대의 살인마다. 따라서 어쭙잖은 마음으로는 죽이기는커녕 접근도 못 할 것이다.

딩동.

벨을 누르자 그 너머로 무심한 목소리가 들려왔다.

"누구십니까?"

"노형진이라고 합니다. 법무법인 새론에서 나왔습니다. 혹시 정우찬 씨 계신가요?"

"제가 정우찬입니다만."

특유의 차가운 목소리.

이때쯤이 그가 가장 힘들어 할 때다. 어머니가 암 초기인 것이 드러났는데 보험회사에서 말도 안 되는 트집을 잡아서 보험료 지급을 거절했기 때문이다.

"무슨 일로 오셨습니까?"

"아, 고용 문제로 이야기를 나눌 수 있을까요?"

"고용요?"

정우찬은 고개를 갸웃했다. 여러 가지 문제로 취업하지 못하고 있어 여러 곳에 이력서를 내긴 했지만, 법무법인에는 낸 적이 없었다.

"잘못 오신 것 같습니다. 전 이력서를 낸 적이 없습니다."

"잘못 온 거 아닙니다. 저희가 사람을 찾다가 정우찬 씨를 발견한 겁니다. 당연히 정우찬 씨가 이력서를 낸 적이 없지요."

"그런가요?"

"네, 그런데 문 안 열어 주실 겁니까?"
그 말에 잠시 침묵을 지키던 정우찬은 조용히 문을 열어 줬다. 노형진은 침을 꿀꺽 삼키면서 안으로 들어갔다.
"실례합니다."
어찌 보면 노형진도 목숨을 건 도박을 하는 셈이다. 만일 일이 틀어지면 미래의 살인 대상에 그가 속할 수도 있다.
"들어오시지요."
정우찬은 자리를 권하자 노형진은 자리에 앉아 그를 바라보았다. 흔하게 나오는 물도, 차도 없었다.
'하긴.'
이런 류의 사람들은 남한테 관심이 없다. 그저 자신과 가족뿐이다.
"무슨 일로 오셨습니까?"
"말씀드렸다시피 정우찬 씨를 고용하려고 합니다."
"전 변호 쪽은 잘 모릅니다."
고개를 흔드는 정우찬.
노형진은 그에게 천천히 설명해 주기 시작했다.
"변호가 아니라 경호입니다."
"경호?"
"네."
노형진은 새론에 벌어진 일을 설명하면서 새로운 경호 팀이 필요한 상황이라고 이야기했다. 정우찬은 그 말을 묵묵히

듣기만 했다.

"그래서 이번에 안전을 위한 경호 팀을 만들까 생각 중입니다."

"그런데 왜 절 찾아오셨습니까? 저 말고도 경호 회사는 많을 텐데요?"

맞는 말이다. 경호 회사는 많다. 하지만 노형진의 목적에 맞는 곳은 없다.

"우리나라의 경호 회사의 90%는 조폭 출신입니다. 말이 경호인 거지, 사실상 깡패죠."

"그래도 10%는 남습니다."

"그들은 남남이니까요. 그리고 그들에게 장기간 맡기기에는 비싸거든요. 차라리 직접 팀을 운영하는 게 훨씬 더 유리하죠."

"그게 절 고용하려는 이유는 되지 않습니다. 더군다나 지원도 하지 않았는데 말이지요."

그 말에 노형진은 침을 꿀꺽 삼켰다. 어찌 보면 가장 위험한 순간이다.

"정우찬 씨여야 하는 이유는 정우찬 씨의 성격에 있습니다."

"제 성격이 좀 특이하기는 하지만 주변에 알려질 정도는 아닐 텐데요?"

"일견 그렇긴 하지요. 하지만 정우찬 씨는 소시오패스 아닙니까?"

순간 정우찬의 눈에 차가운 빛이 스치고 지나갔다. 한번 죽음을 겪은 노형진조차 한기를 느낄 정도였다.

'역시…… 싹이 다르다는 건가?'

증언에 따르면 정우찬의 눈앞에 서면 저항도 못 할 정도로 온몸이 움츠러든다고 했다. 마치 쥐를 바라보는 배고픈 뱀의 눈이라고 할까? 그래서 대부분 제대로 저항도 하지 못하고 죽어 간다고 한다.

'무협지에서 나오는 천살성 같은 건가?'

그건 모르겠지만 한 가지는 확실하다. 그는 사람의 목숨 따위에는 관심도 없다는 것.

"어떻게 아신 겁니까?"

"저희한테는 정보 라인이 따로 있으니까요. 필요한 정보는 구할 수 있습니다."

노형진은 승부를 보기로 결정했다. 그들에게 감정으로 호소해 봐야 의미가 없다. 어차피 신경도 안 쓰니까.

"간단하게 말하죠. 저희와 일하신다면 월 250만을 드리겠습니다. 초봉 기준입니다. 그리고 어머니의 치료비 전액을 저희가 부담해 드리지요."

"전액 말입니까?"

"네."

그 말에 안 좋게 흘러가던 분위기가 갑자기 조용했다. 그 정도면 파격적이라고 할 수 있는 대우다.

"본인이 소시오패스이니 소시오패스에 대해서는 가장 잘 아시겠지요?"

그 말에 정우찬은 고개를 끄덕였다. 노형진이 자신에 대해 잘 아는 것은 중요하지 않다. 현재 자신에게 필요한 조건을 제시했다는 것이 중요할 뿐이다.

"사람은 자신에게 맞는 곳을 찾는 게 중요하다고 생각합니다."

노형진의 말은 진심이었다.

실제로 어떤 아이가 정신지체에 문맹이라 취업도 못하고 생활도 불가능해서 부모가 고민했다고 한다. 그런데 아이의 어머니가 생각을 뒤집어서 가장 완벽한 기밀문서 파쇄 서비스라는 걸 오픈했다. 정신지체가 있다 보니 빼돌리는 것과 같은 행동을 할 일이 없는 데다 문맹이라 글 자체를 읽거나 기억할 수도 없다는 점을 착안한 것이다.

그렇게 시작한 서비스는 여러 기업들과 계약해서 잘나가고 있다. 세상에서 가장 안전한 파쇄 서비스이기 때문이다.

'소시오패스도 마찬가지다.'

결국 위험한 정신병이기는 하지만 그걸 통제할 수만 있다면 가장 완벽한 경호원이 될 것이다. 적에게 자비 없으면서 아군을 배신하지 않는 경호원.

"전 격투 기술은 잘 모릅니다."

노형진은 안도의 한숨을 내쉬었다. 그가 저런 말을 했다는 건 자신에 대해 알아낸 것을 불문에 부치겠다는 뜻이다.

"그거야 조금만 배우면 됩니다."

어차피 이들이 경호원으로 등록되면 가스총이나 전기 충격기 같은 걸 쓸 수 있다. 그리고 싸움에서 그런 전투 기술보다 중요한 것은 도망치지 않는 마음인데 그들은 절대 도망가지 않는다. 목적에 반하는 대상을 파괴의 대상으로 인식하는 탓이다.

"좋군요."

정우찬은 고개를 끄덕거렸다. 확실히 구할 수 있는 직장 중 최고로 좋다고 봐도 무방했다. 그는 특유의 분위기가 있어 취업도 안 된다. 하지만 경호원이라고 하면 이 분위기가 이해될 것이다. 도리어 산전수전 다 겪어 본 프로처럼 느껴질지도 모른다.

'생각해 보니 내게 딱인가?'

특유의 성향이 문제가 되기는커녕 도리어 이득이 되는 직종. 그게 바로 경호원이다.

"물론 상담 치료 같은 건 병행해야 합니다. 아시죠?"

"그 부분은 인정하죠."

경호의 과정이 너무 과도해지면 문제가 될 수 있다. 당연히 상담 치료를 통해 적절히 통제하면 된다.

"하시겠습니까?"

노형진의 질문에 정우찬은 노형진을 바라보았다. 그리고 천천히 입을 열었다.

"구급차를 부르지요."

"네?"

"어머니를 병원으로 모시고 싶습니다."

노형진은 계약서에 사인하는 대신 구급차를 불렀다. 그렇게 최초로 소시오패스가 경호원이 되는 일이 벌어졌다.

⚖

"분위기가…… 좀…… 그렇군."

송정한은 입맛을 다셨다. 정우찬이 왜 일을 못 구하는지 알 것 같았다. 주변에 있는 것만으로도 분위기가 싸늘해질 정도로 냉기가 풀풀 날리고 있었다.

"조금만 기다리세요. 1층에 대기실을 만들고 나면 훨씬 나아질 겁니다."

"그렇겠지."

노형진은 그를 고용하고 나서 다른 사람들과의 관계를 생각해서 1층 코너를 막아 경호원 대기실을 만들기로 했다. 어차피 야간 경비도 함께할 계획이니 딱 맞는 위치였다. 그래서 그 공사가 끝날 때까지 함께 사무실을 쓰고 있는 중인데 그 싸늘한 분위기에 주변에서 접근하지도 못할 정도였다.

"사람이라도 죽여 본 눈빛이야, 허허허."

"하하하하."

노형진은 어색하게 웃었다. 지금의 그는 사람을 죽이고도 그다지 신경 쓰지 않고 자기 할 일을 하러 갈 것이기 때문이다. 소시오패스란 그런 존재다.

'목적에 잘 적응해야 할 텐데.'

그마나 다행인 것은 그가 취업했다는 사실에 가장 좋아한 것이 그의 어머니라는 것이다. 그리고 그것만으로도 그는 이번 일자리가 마음에 든 것처럼 보였다. 어차피 사람들에게 거리감을 느끼는 건 하루 이틀이 아니니까.

'끄응…….'

다만 문제는 같은 소시오패스들이 뭉쳤을 때 어떤 일이 벌어지냐는 것이다. 만일 최악의 살인 집단이 된다면 악몽 같을 것이다.

'진짜 모험이긴 한데.'

물론 반대로 말하면 고용인을 지키기 위해서라면 사람 하나쯤은 눈 깜빡하지 않고 죽일 수 있다는 뜻이 되니 그만한 고용인도 없긴 하겠지만.

"일단은 2주만 참으세요. 2주 후면 완성되니까요."

"그렇지. 그런데 그 더 뽑을 생각인가?"

"봐서요."

사람들은 잘 모르지만 소시오패스는 의외로 많다.

다행히 중증이 아닌 사람들은 그저 나쁜 놈 소리를 들어가면서 살아가지만, 반대로 증상이 심한 사람들은 자신을 받아 주지 않는 세상을 적대적으로 대하다 보니 살아가기 힘들다. 당연히 그들을 받아들이는 것이 안전을 위해서도, 사회를 위해서도 좋다.

'범죄자가 되기 전에 막는 거지.'

그렇다면 손해는 아닐 것이다. 당장 정우찬을 고용하면서 무려 서른세 명이나 살린 셈이니까.

"일단은 상황을 봐 가면서 고용하는 걸로……."

한창 송정한과 이야기를 하고 있을 때였다. 갑자기 뭔가 박살이 나는 소리가 들렸다.

와장창.

"끄응…… 또 왔군."

이제는 너무 익숙해진 상황인지라 송정한의 입가에 씁쓸한 미소가 떠올랐다. 본격적으로 부자 부모들을 구출해 내기 시작하자 안하무인으로 자라 온 녀석들이 막무가내로 들이닥치기 시작한 것이다.

"나가 봐야지요."

"젠장, 이제 소방 기구 회사에서 우리를 알아본다고."

올 때마다 소화기로 제압하고 경찰을 불러 대니 소방 기구를 파는 사람은 화재 훈련을 자주 하냐고 물을 지경이었다.

"이 새끼들아! 너희들이 이러는 거 합법이야? 앙? 합법이냐고!"

노형진과 송정한이 바깥으로 나가자 손에 야구방망이를

든 남자가 깽판을 치는 게 보였다.

"누구야?"

"아, 지난번에 부모를 정신병원에 넣은 녀석이에요."

이야기를 들어 보니 아버지가 돌아가시고 나서 어머니를 정신병원에 넣어 버린 놈이란다. 그런데 이번에 어머니가 풀려나면서 그를 유언장에서 빼 버리고 친자 관계 부존재 소송까지 걸어 버리는 바람에 말 그대로 알거지가 되었단다.

와장창!

"얼씨구, 또 부서지네."

접대를 위한 테이블은 또 부서졌다. 일주일에 한 번은 부서져 나가는 듯한 느낌.

송정한은 소화기를 들고 나서려는데 노형진이 말렸다.

"일단 두고 보죠."

"응?"

그러고 보니 오늘은 평소와 달랐다. 그가 깽판을 치기 시작하자 늘씬한 정장을 입은 정우찬이 앞으로 나서서 그를 가로막았기 때문이다.

"뭐…… 뭐야?"

남자는 정우찬을 보고 찔끔했다. 그 눈에서 흘러나오는 뭔지 모를 분위기에 순식간에 압도당한 것이다.

"그러는 너는 합법이냐?"

"뭐, 뭐라고?"

"우리가 일하는 건 불법이고 네가 깽판 치는 건 합법이냐고 물었다."

"그……."

반박하고 깽판을 쳐야 하는데 그 남자에게는 그럴 수가 없었다. 그 정도로 남자에게서 나오는 살기가 상상 이상이었다. 마치 줄에 묶여 꼼짝도 못하게 하는 듯한 느낌.

"ㅇㅇㅇ……."

"나, 오늘 첫 출근이다. 기분 좋은 날이니까 그냥 꺼져."

정우찬은 무심하게 말했지만 상대방에게는 협박으로 들렸다. 노형진은 그걸 보고 혀를 내둘렀다.

'하긴 편하게 자란 녀석이 감당할 살기는 아니지.'

애초에 사람 목숨을 파리 목숨으로 알 만큼 위험한 사람의 살기다. 그걸 일반적으로 살아온, 아니 부자의 아들이라는 이유로 더 편한 삶을 살아온 사람이 감당할 수 없는 것은 당연지사.

"ㅇㅇㅇ……."

주춤주춤 물러나는 녀석.

"조용히 가라."

정우찬은 조용히 경고했다.

"이런 싯팔."

남자는 갑자기 어이가 없어졌다. 자신이 누군가? 자신이 어떤 삶을 살아왔던가? 그런 자신이 누군지도 모르는 녀석에서 쫄아서 주춤주춤 물러나고 있다니.

"썅! 덤벼!"

그는 발악하는 심정으로 정우찬에게 달려들었다. 당연히 정우찬은 비키려고 했다. 그런데 그가 좀 더 빨라 투드득 소리와 함께 그가 입고 있던 재킷의 단추들이 떨어졌다.

"단추가……."

그리고 그걸 본 정우찬은 잠시 침묵을 지키다가 천천히 고개를 돌려 남자를 바라보았다.

"쪼…… 쫄았냐!"

정우찬이 말하지 않자 그가 쫄았다고 생각한 남자. 그러나 다음 순간, 그는 말은커녕 숨도 못 쉴 지경이 되었다.

"크헉!"

갑자기 살기가 엄청나게 강해지면서 말 그대로 온몸을 옭아매기 시작했다.

"네놈이 죽고 싶은 모양이구나."

아무런 감정도, 고저도 없는 정우찬의 목소리.

그는 꼼짝도 못하는 남자에게 다가가서 한 손으로 목을 움켜쥐었다. 키가 185센티나 되는 큰 키인 데다가 손까지 커서 그의 목은 순식간에 손안에 들어왔다. 그러자 남자는 살기와 손 때문에 숨을 쉬지 못하고 버둥거렸다.

"네놈이 먼저 공격했으니 이걸 법적으로 뭐라고 하던가? 정당방위?"

정우찬은 진심으로 화가 난 상태였다.

이 옷은 어머니가 자신이 취업했다는 말에 병원에 입원하기 전, 돈이라는 돈은 다 긁어모아서 난생처음으로 사 준 양복이었다. 싸구려 시장 양복이긴 하지만 어머니가 처음으로 사 준 양복이자 오늘 아침만 해도 열심히 일해서 은혜를 갚아야 한다며 신신당부하며 직접 입혀 준 옷이었다. 그런데 첫날 근무를 시작한 지 채 반나절도 지나지 않아 단추를 떨궈 버린 것이다.

"끄르르르륵."

손에 힘이 들어갈수록 점점 버둥거리는 남자. 그는 눈을 슬슬 뒤집기 시작했다.

"정우찬! 그만해!"

노형진이 소리를 지르자 정우찬은 바로 손을 놔 버렸다. 화가 나지만 자신의 일은 이곳을 지키며 노형진을 보호하는 것. 그가 한 말은 무조건 따라야 한다고 생각한 것이다.

"쿨럭…… 크륵……."

축 늘어진 채로 바닥에 쓰러진 남자. 그의 바지는 축축하게 젖어 들어가고 있었다.

"죄송합니다."

"아니야. 이 정도면 딱 좋아."

제압하기 위해 목을 잡았는데 기절한 것뿐이니 정당방위 범위 내다. 물론 사람들 앞에서 기절하면서 똥오줌을 갈겼으니 쪽팔리기는 하겠지만 그건 알 바 아니었다.

"사람들이 위해를 끼치려 해도 가능한 상해는 입히지 마."

"네, 형님."

"아니, 형님이라고 부르지는 말고. 회사니까 변호사님이라고 불러."

"네, 노 변호사님."

그러는 사이 다른 직원이 쓰러진 남자에게 다가가서 이리저리 살피더니 안도의 한숨을 내쉬었다.

"단순히 기절한 것 같기는 한데요. 이거, 여기에 그냥 두면 온통 오줌 범벅이 될 것 같은데."

"그럼 치워야지요. 경찰을 부르고 화장실로 데려다 둡시다."

"네."

누군가 경찰을 부르자 정우찬이 그에게 다가갔다.

"제가 치우겠습니다."

"그래, 좀 치워 주……."

말이 끝나기도 전에 정우찬은 남자의 머리통을 잡고 화장실로 질질 끌고 갔다. 남자는 기절한 상태에서도 머리가 빠지는 엄청난 고통에 신음 소리를 내고 있었다.

"끝내주네."

송정한은 혀를 내둘렀다. 분위기가 심상치 않다는 건 느끼기는 했지만 다른 직원들은 소화기를 뿌리고 난리를 치는 걸 단숨에 해결해 버린 것이다.

"청소비는 덜 들겠네."

한번 난리를 치고 나면 청소하고 집기를 새로 사야 한다. 비용이야 손해배상을 청구해서 메꾼다지만 귀찮은 건 어쩔 수 없다. 그런데 이런 사람이라면 깽판을 치기도 전에 꼬리를 말고 도망갈 것 같다.

"어떻습니까?"

"마음에 드는데?"

송정한은 미소를 지었다.

"일단 긍정적으로 봐도 되겠어."

"그렇지요?"

그렇게 희대의 살인마 정우찬은 사람을 살리는 다른 인생을 살게 되었다.

사랑이 아닌 집착

"으아아악!"

바깥에서 들리는 비명 소리에 노형진은 혀를 끌끌 찼다.

"또냐? 여기가 무슨 공포 체험 특급이야?"

본격적으로 구조 업무를 시작한 이래로 찾아오던 녀석들은 대부분 항의하거나 깽판 치는 것이 목적이었다. 어떻게든 재산을 빼앗기 위해 말이다.

그들 외에도 일하다 보면 별별 놈들이 다 온다. 강간 사건 같은 건 합의하러 와서는 도리어 피해자를 협박하거나 법대로 하라고 깽판을 치는 게 아주 흔했다.

하지만 정우찬이 일을 시작하고 난 뒤로 그런 일은 거의 없다고 봐도 무방할 정도였다.

"생각보다 합의율도 올라갔고."

이건 진짜 생각하지 못한 일이었는데 반성하지 않는 놈들을 정우찬과 같은 방에 두고 20분만 지내게 하면 눈물을 좍좍 흘리며 반성하면서 합의했다. 그 덕분에 사건이 재판까지 가는 경우가 드물어졌다.

물론 정우찬이 사람을 패거나 협박한 것은 아니다. 그저 함께 있다가 의미심장한 미소를 지으면서 '끝까지 가고 싶으시다면 그렇게 해 드리지요.'라는 한마디만 하는 것뿐이다.

이걸 처음 알게 된 건 정우찬이 조사를 받던 도둑놈에게 음료수를 가져다준 날이었다. 그 도둑은 그 전까지만 해도 변호사 중 한 명을 화나게 해 방에서 쫓아낼 정도로 반성도 하지 않고 끝까지 버텼으나 그를 보고 나서는 완전히 패닉에 빠져 사지를 부들부들 떨기까지 했다.

"거참…… 생각지도 못한 일일세."

어찌 되었건 나쁜 건 아니다. 합의하면 변호사는 일이 줄어서 좋고, 피해자는 정신적인 부담이 적어져서 좋고, 가해자는 전과를 달지 않아서 좋다.

"이래서 인간들이란."

그런데 가해자들이 합의하지 않는 이유는 간단하다. 버티면서 합의금이 떨어지기를 기대하는 것이다. 물론 노형진은 그냥 재판에서 전액을 받아 내는 걸 추천하지만.

하여간 인간들의 심리는 단순하다. 불이익이 오지 않으면 정신을 차리지 않는다.

"응?"

서류를 확인하던 노형진은 의외의 기록을 발견했다.

"왕요상?"

왕요상. 요상공정의 사장으로, 노형진 때문에 기업을 빼앗기고 길바닥으로 나앉은 사람이다. 이름이 워낙 특이해서 기억하고 있던 사람이었다.

"뭐야? 동명이인인가?"

그러나 동명이인치고는 워낙 이름이 특이해 노형진은 고개를 갸웃하면서 내용을 확인했다. 그러다가 살며시 미소를 떠올렸다.

"본인이잖아?"

왕요상은 한국에 정착한 중국인이라 주민 번호를 가지고 있어 그의 주민 번호를 기억하고 있는 노형진은 알아볼 수 있었다.

"그런데 왜?"

그 이름이 올라온 건지 궁금해진 노형진은 사건 기록을 확인했다가 고소하다고 생각했다.

"뭐야? 임금 체불?"

웃기게도 그가 맡긴 사건은 임금 체불과 관련된 것이었다. 그마저도 돈을 주고 맡기는 게 아니라 대룡에서 지원해 주는 평등재단을 통해 지원을 신청한 것이었다. 쉽게 말해 과거

노동자들을 등쳐 먹던 왕요상이 이제는 노동자가 되었으며 자신이 하던 짓 그대로 체불임금 때문에 돈이 없어서 대룡과 새론에 지원을 요청한 것이다.

"으흐흐흐, 이거 참 고소하네."

자신이 했던 짓을 그대로 당하는 기분은 어떨까? 모를 일이다. 확실한 것은 그는 더 이상 사장도, 갑도 아니라는 사실이다.

"뭐야? 체불임금이 많은 것도 아니네."

기록을 보니 체불임금은 세 달 치로 총 450만 원이었다. 그가 몇 달씩 안 주고 수천만 원씩 체불한 걸 생각하면 새 발의 피라고 할 수 있는 수준.

"쯧쯧, 고작 그걸 가지고 힘들다고 하면 안 되지."

그 당시 수많은 가정들이 파탄이 나서 얼마나 힘들어 했던가? 그런데 고작 세 달 치 가지고 죽는 소리를 하다니.

"좀 더 고생해 보시길."

노형진은 옆에 쪽지에 '기각 대상 : 과거에 사업을 하며 전문적으로 임금 체불을 하던 업자였음.'이라고 써서 서류에 첨부했다. 이 정도 가지고는 원래 평등재단에서 도와줄 리도 없지만 그래도 혹시 몰라서였다.

"좀 더 고생하고 나서 오세요, 아저씨."

물론 아예 도와주지 않으려는 건 아니다. 한 1년쯤 고생하고 와서 돌아온다면 도와줄 생각이다.

그리고 이로 인해 왕요상은 말 그대로 지옥으로 떨어지게 된다. 당시에 회사를 빼앗기면서 아내와는 이혼당했고 애들은 재산을 들고 도망갔다. 혹시나 자기 명의로 된 재산을 나눠 달라고 할까 봐서였다. 그 때문에 홀로 남은 그는 평생 해본 적이 없는 노가다와 공장 일로 먹고살 수밖에 없었던 것인데 그마저도 체불된 것이다.

결국 1년 후 그가 다시 새론에 왔을 때는 보증금마저 없어서 길바닥에서 노숙하다가 죽기 직전인 상태라 드디어 도움을 받을 수 있었다. 물론 그마저도 빛잔치하고 끝나 버렸지만.

결국 자신이 남에게 한 짓을 평생 반복적으로 당하면서 살 수밖에 없었다. 그의 경험과 스펙을 가지고 제대로 된 기업에 취업할 수는 없기 때문이다.

"이건 된 것 같고. 어떤 사건을 해야 하나."

노형진이 사건 목록을 뒤적거리고 있을 때였다. 갑자기 문이 열리면서 빼꼼 얼굴이 나타났다.

"노 변호사님."

"응? 이은영 변호사, 무슨 일입니까?"

"아, 혹시 시간 되시나요?"

"그럼요. 뭐, 도와 드릴 일이라도? 아, 들어오세요."

이은영 변호사가 들어와서 자리에 앉자 노형진은 주스를 따라 그녀 앞에 내밀었다.

"뭐, 어려운 사건이라도 있습니까?"

"네, 사실은 1심에서 진 사건이 있어서요."

"졌다고요?"

"네, 의심은 가는데 도무지 방법을 못 찾겠어요."

"그래요?"

"네, 그래서 2심을 신청하기는 했는데 여전히 방법을 찾을 수가 없어서……."

노형진은 고개를 갸웃했다.

어지간히 어려운 일이 아니라면 이런 일은 거의 없다. 더군다나 2심까지 진행했다는 건 의뢰인이 요구했거나 이쪽에서 해 줬다는 건데 보아하니 후자인 듯했다.

'그렇다면 진짜 이상하다는 건데.'

의뢰인이 해 달라고 한 거라면 그에게 찾아올 리가 없다. 그런데 변호사 스스로 이상하다고 생각해서 2심을 신청한 것이라면 자기 수익을 포기했다는 뜻이 되는데 그게 변호사가 보기에도 무척이나 이상하다는 뜻이리라.

"무슨 사건인데요?"

"강간요."

"강간?"

노형진은 얼굴을 찌푸렸다. 그걸 알아챈 이은영 변호사는 손을 마구 흔들었다.

"아, 오해하지는 마세요. 강간범에 대한 변호이기는 하지만 사건 자체가 이상해서 그런 거니까."

노형진은 어렸을 적의 사건 이후에 강간범을 무척이나 싫어했다. 그래서 그 사건에 집중하지 않을 가능성이 높다는 점을 고려해 의뢰인을 위해 강간 사건을 피했다. 그런데 그걸 알고 있는 이은영 변호사가 강간 사건을 들고 오다니?

"이상하다니요?"

"사실은…… 이거 꽃뱀 사건 같아요."

"꽃뱀?"

"네."

꽃뱀이라는 말에 노형진은 한숨이 나왔다. 확실히 강간도 많지만 그에 못지않게 꽃뱀도 많다.

"그런데 뭐가 문제인가요? 그쪽으로 파고들면 되지 않습니까?"

"그게…… 여성 단체에서 말이 많아서요."

"여성 단체?"

"사실은……."

이은영은 천천히 설명하기 시작했다.

어떤 대학교의 교수가 학생을 강간했다는 혐의로 고소당했다. 그런데 교수는 절대로 한 적이 없다며 억울해하고 있다는 것이다.

문제는 피해자와 여학생회, 여성 단체가 합심해서 교수를 몰아붙이고 있다는 점이다.

"그런 압력은 무시하라고 말씀드렸잖습니까?"

압력에 굴하게 되면 변호사 노릇은 못 한다. 게다가 협의회 같은 곳은 원하면 얼마든지 만들 수 있다.

"뭐, 그런 압력 때문은 아니에요. 제가 봤을 때 그 사건은 여러모로 이상한데 증거가 강간했다는 것을 가리키고 있다는 거죠. 녹취록도, 정액도 있으니 말이죠."

"그럼 합의에 의한 성관계 후에 여자가 말을 바꿨다는 건가요?"

"그게 아니에요. 아예 그 해당 학생과 관계를 가진 적도 없다네요."

"네?"

노형진은 이상하다는 생각이 들었다. 정액이 나왔다는 것은 어떤 식으로든 성관계가 이루어졌다는 것이다.

'유리하게 거짓말하려고 한다면 그런 말을 할 리가 없는데?'

말이 안 된다. 정액이 나온 상황에서 저런 말을 하면 불리해져서 일반적으로는 무조건 합의에 의한 관계라고 이야기하기 때문이다.

"확실히 이상하군요."

"네, 이상하죠? 더군다나 아무리 봐도 여자 측에서 먼저 접근한 것 같은데."

"그렇습니까?"

"네, 대부분의 연락을 여학생이 먼저 했어요. 교수님이라고 불린 사람은 대체로 먼저 연락하지 않았고요. 전화상의 기록에 따르면 사건 현장에서 간 것도 여학생이 먼저 한 걸로 되어 있어요."

"여학생이 먼저 전화했다?"

"네."

"흠……."

일반적으로 강간범들과 함께 있다 보면 여자는 위협을 느끼기 마련이다. 그들이 갑자기 '아, 강간해야겠다.'라고 생각하는 경우는 드무니 평소에도 위협적인 행동을 보이거나 위험한 눈빛을 보내니까. 당연히 여자가 먼저 연락할 리 없다.

"일단은 제가 직권으로 항고했습니다만."

"민사는 아직인가 보군요."

"네."

노형진은 고민하다가 고개를 끄덕거렸다. 그런 사건이라면 자신이 필요할지도 모른다. 특히나 체계적으로 일이 꼬인 경우에는 무척이나 경험이 많은 사람이 필요했다.

"일단 제가 한번 보도록 하죠."

노형진은 이번 사건을 함께 맡기로 결정했다. 그러나 상황이 무척이나 급박하게 돌아갈 거라고는 생각지도 못했다.

⚖

"노 변호사님! 큰일 났어요!"

"알고 있습니다. 들어오세요."

노형진은 뉴스를 보면서 얼굴을 찌푸렸다. 거기에서는 한 가지 사건이 대서특필되고 있었다.

"엿 같은 상황이 되어 버렸군요."

경선대학교 여학생회에서 난데없이 기자회견을 하더니 특정인을 강간범으로 지목하며 그를 고발하고 퇴출시키겠다고 나선 것이다. 문제는 그 특정인이 다름 아닌 노형진의 의뢰인인 서정훈 교수라는 것.

"어이가 없군."

서정훈 교수는 노형진도 알 정도로 유명한 사람이다. 국제 통상 법률계의 1인자라고 할 수 있을 뿐만 아니라 국제 통상과 국제적 기업 분쟁에서 언제나 등장할 정도로 뛰어난 사람이다.

'근데 어떻게?'

원래 그는 교수가 아니었다. 그런데 어디서부터 역사가 바뀐 건지 알 수 없지만 난데없이 경선대학교의 교수가 된 것이다. 그래서 노형진은 처음에는 설마 서정훈 교수가 그일 거라고는 생각하지 못했다. 그는 교수로 활동한 일이 없었기 때문이다.

사실 그건 노형진의 행동이 알게 모르게 영향을 미친 것이다. 노형진이 로스쿨 커리큘럼을 제휴하기로 결정하면서 제휴 대상으로 경선대학교의 라이벌 학교인 백민대학교를 선택했다.

원래 백민대학교는 경선대학교에 밀려서 로스쿨 자격을 얻지 못했다. 하지만 노형진이 끼어들면서 백민대학교에 대한 새론과 대룡의 적극적인 지원과 알게 모르게 이루어지는 경선대학교에 대한 인터넷상의 소문 관리로 인해 백민대학교가 경선대학교보다 우위를 점한다고 판단되자, 경선대학교가 다급한 마음에 로스쿨 자격을 얻을 수 있도록 더 좋은 교수진을 구하다 보니 그가 비싼 돈을 받고 교수를 맡게 된 것이다.

"신성한 교육의 전당인 대학교에서 자신의 짐승 같은 욕망을 채우고자 제자를 강간한 서정훈 교수는 즉각 반성하고 사퇴해야 합니다. 또한 그에 맞는 죗값을 받기 바랍니다."

당당하게 서서 말하는 두 사람을 본 노형진은 한숨이 나왔다. 그가 아는 서정훈 교수는 절대 그럴 사람이 아니다. 물론 일면식이 없는 사람이기는 하지만 그가 회귀 전에 보여 준 모습은 바른생활 사나이 그 자체라고 해도 부족함이 없을 정도였다.

'상황 참 지랄 같네.'

"이거, 이거…… 일이 힘들어지겠는데요?"

심지어 우연히 그 소식을 들은 남상주 변호사조차 노형진 옆에서 모니터를 보면서 혀를 끌끌 찰 정도였다.

"인민재판이라……. 능숙하군."

"정치 지망생이 있거나 누가 들러붙은 것 같습니다."

"글쎄요…… 전자일 가능성이 높겠군."

노형진의 말에 송정한은 고개를 끄덕거리면서 동의하자 이은영 변호사가 고개를 갸웃했다.

"네? 그게 무슨 말씀인지?"

"후우, 이런 강간 사건에는 여러 가지 문제가 있습니다. 큰 문제 중 하나가 이런 사건이 공개되는 경우, 대부분 인민재판으로 끝난다는 겁니다."

"인민재판이라니요? 우리나라에서 인민재판은 불법 아닌가요?"

"말로는 불법이죠. 하지만 실질적으로는 벌어지고 있습니다."

인터넷에서 이런 사건이 터지면 국민들은 진실과 상관없이 대상을 강간범으로 확정하고 욕한다. 그렇게 되면 재판은 큰 영향을 받는다. 게다가 어떻게 기적적으로 이긴다고 해도 이미 국민에게는 강간범으로 찍혀 있어 재기하는 것은 불가능에 가깝다. 즉, 사회적으로 타살되는 것이다.

"그걸 알기에 변호사들은 이런 인민재판식의 공개를 거의 하지 않습니다."

아주 중요한 사건에서 명확한 증거가 있다면 모를까, 잘못하면 나중에 일이 커질지 모르기에 이렇게 재판 중인 사건에 대해 이런 인민재판식의 기자회견을 하는 변호사는 없다.

"근데 왜?"

"정치적인 목적이죠."

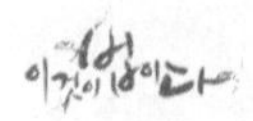

"정치적인 목적?"

"네, 상대방은 대학교수입니다. 기득권 세력에 들어가죠. 그걸 이용해서 상대방과 대립각을 세우면서 자신의 이름을 날리는 겁니다. 그리고 사건이 커지면 그 후에 정치에 투신하는 거죠. 대립을 통해 자신의 이름을 날리는 정치적인 방식입니다. 확실히 변호사들이 즐겨 쓰는 방식은 아닙니다."

"헐? 그런 방법이 있어요?"

"네, 아직은 모르실 겁니다."

아직 이은영은 변호사 초년생이다. 당연히 이런 방식에 대해 알 리 없다.

"그런데 도대체 누가 이런 짓을……."

"아마도……."

노형진은 뉴스를 바라보면서 한참을 생각했다. 아니, 사실 생각할 필요도 없다.

"이 두 사람일 겁니다. 경선대학교 총여학생회 회장 이미성숙과 부회장인 김박선화."

"엥? 무슨 이름이 그래요?"

너무 이상한 이름에 고개를 갸웃하는 이은영 변호사.

"잘못된 페미니즘이죠."

"네?"

"보통 성이라는 것은 부계를 따라갑니다. 혈통을 구분하고 일종의 근친혼의 방어책으로 많이 사용됩니다. 물론 가부장

적 문화에 대한 전통도 일부 있을 수 있겠지만 하여간 그건 한국의 전통이죠. 그런데 요즘 일부 잘못된 페미니즘을 추구하는 사람들은 그 성이라는 것이 아버지의 성만을 받아들이는 잘못된 문화라고 주장하면서 어머니와 아버지의 성을 두 개다 쓰는 쇼를 합니다. 그리고 경선대학교는 그런 페미니즘을 최선봉에서 지지하는 학교죠. 원래 여대였으니까요."

"쇼라고요?"

"네, 법적으로 인정되지 않으니 쇼일 뿐인 거죠."

"그럼 두 사람의 이름은?"

"양친이 이 씨와 미 씨. 그리고 김 씨와 박 씨라는 거죠."

"헐, 그럼 다음 세대는요? 성이 네 글자?"

"그럴 수도 있죠."

물론 그렇게 되지 않을 가능성이 높다. 일단 법적으로 안 받아들여지는 데다 애초에 이건 쇼이기 때문이다.

"그런데 왜 그 두 사람이 주범이라고 생각하세요?"

"말씀드렸잖습니까, 쇼라고? 목적이 없으면 쇼를 할 이유도 없지요."

"아……."

더군다나 노형진은 말은 하지 않았지만 이러한 극단적 평등 이론은 극단적인 좌 편향과 함께 나타나는 경우가 많다. 그럴 수밖에 없는 게, 극단적인 좌 편향은 인간은 완전히 평등하다고 주장하기 때문이다.

문제는 그런 사람들 중에는 소위 말하는 종북, 즉 북한 찬양 주의자들인 경우가 많다는 점이다. 공산주의야말로 모든 것이 평등하다고 가르치니까.

'그리고…… 이 방식은 그들이 자주 쓰는 방식이지.'

보수 측은 본인들이 기득권층이니 이런 행동을 할 이유가 없다.

진보 측 역시 아무리 보수 측보다 지지도가 부족하다 해도 한 사람을 매장시켜서 좋을 게 없으니 이런 행동을 할 이유가 없다. 하물며 일반인도 아닌 유명한 대학교수를 말이다.

하지만 딱 한 곳, 즉 극단적 평등주의를 주장하는 종북 계열에서는 가끔 이런 방식을 쓴다. 단시간 내에 자신들의 지명도를 높일 수 있으니까.

거대한 적과 싸움으로써, 아니 싸우는 듯한 모습을 보임으로써 그들과 동급으로 보이도록 눈속임을 하는 것이다. 그래서 그들은 극단적으로 공격적이며, 이성을 통한 타협이 불가능하게 한다.

"그럼 어쩌죠?"

"곤란하군요."

증거에서도 밀리는 상황에서 이런 식으로 인민재판까지 끝나 버리면 재판에서 무조건 진다고 봐도 무방하다.

"일단은 교수님을 만나야겠습니다. 사건의 당사자에게서 자세한 이야기를 들어 봐야겠네요."

⚖

"난 그 아이한테 전혀 손대지 않았네!"

서정훈 교수는 나이 45세의 남자였다. 잘 관리된 그의 모습은 제법 미중년이라고 할 수 있었지만 그동안의 고생 때문인지 많이 수척해져 있었다.

"그럼 그 당시에 있었던 일을 말씀해 주십시오."

"별거 없네. 그 학생의 부탁을 받고 나갔는데 다짜고짜 매달리더군. 그동안 그 학생이 이상하게 많이 접근해서 조심했지만. 하여간 난 선은 확실하게 그었네. 난 가정이 있다고 말이야. 그러고 나서 이 사달이 난 걸세."

"접근요?"

"그래."

"그럼 그 학생이 먼저 호감을 표시했단 말입니까?"

"호감이라……. 호감이라기보다는 집착일세."

"집착요?"

"그러네. 전부터 이상한 눈으로 날 보는 건 알고 있었네만."

'오뉴월 서리 사건이라는 건가?'

노형진은 대충 이해가 가기 시작했다.

오뉴월 서리 사건이란 노형진이 쓰는 명칭으로, 집착이 받아들여지지 않는 경우 그 분노가 엉뚱한 형태로 나가는 것을 뜻한다. 남자들은 살인 같은 극단적인 방식으로 나서는 경우가 많은데 여자들은 파멸시키겠다는 식으로 나오는 경우가 많다. 드라마에서처럼 말이다. 문제는 여자에게는 여성성이라는 강력한 무기가 있다는 것.

"그럼 도대체 정액은 어떻게 구한 겁니까?"

"그건 나도 도저히 모르겠네."

"혹시 바람피우셨다거나."

"난 그런 사람이 아니야!"

펄쩍 뛰는 걸 보니 바람을 피워 외부에서 정액을 구할 수 있는 방법을 제공한 건 아닌 것 같았다.

"혹시 그럼 술집에 가셔서 접대를 받으셨다거나."

"난 알코올 알레르기 체질이네."

도무지 정액을 구할 방법이 없다.

문제는 그것이다. 이쪽에서 정액을 구할 방법이 없다는 건 반대로 말하면 구할 방법이 저쪽 말대로 강간이나 합의에 의한 성관계뿐이라는 것이다.

"알겠습니다."

의뢰인이 그렇게 말한다면 그걸 믿는 수밖에 없다.

"그나저나 어떻게 하실 생각입니까?"

"후우!"

총여학생회에서 대대적으로 공격을 나섰고 이에 호응하여 여러 여성 단체들에서 학교에 압력을 가하고 있다. 재판 결과가 어찌 되었건 조만간 징계가 확실시되는 상황.

"나도 모르겠네."

아무리 생각해도 방법이 보이지 않는 것인지 그는 얼굴을 가리면서 한숨을 쉬었다.

"제가 봤을 때는 버티시는 게 좋을 듯합니다."

"이 상황에서? 그 욕을 먹어 가면서?"

"어차피 인민재판은 벌어졌습니다. 물러나면 죄를 인정한 거라고 할 테고 버티면 염치없는 놈이라고 하겠지요. 어떤 선택을 하시든 욕을 먹는 것은 피할 수 없습니다."

"끄응……."

"그러니 최대한 버티십시오. 기왕 욕먹는 거, 자신이 정당하다는 이미지를 줘야 하니까요. 그 후에 그만두시면 정당성은 교수님한테 있는 겁니다."

"그렇지만……."

"수업을 하시라는 게 아닙니다. 어차피 이 상황에서 수업해 봐야 누가 들어오겠습니까? 일단 휴직 정도만 하십시오."

"끄응."

서정훈 교수는 한숨이 나오는 모양이었지만 어쩔 수가 없었다. 인민재판의 무서운 점은 어떤 선택을 하든 욕을 먹는다는 것이다.

"제가 이번 사건에 대해 좀 조사해 보겠습니다. 혹시나 외부에서 취재하러 오더라도 절대 대응하지 마십시오."

"알았네."

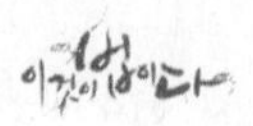

노형진은 확답을 받고는 그곳을 나왔다.

⚖

노형진은 사건 기록을 보면서 혀를 끌끌 찼다.
"고소인은 뭐 합니까?"
"일단 정신적 충격을 핑계로 언론과의 대면을 거절하고 있다네요."
"조사는 나오고요?"
"네."
"조사는 나온다라……. 대질은요?"
"여기요."
노형진은 대질 기록을 보면서 시간을 점검하기 시작했다.
"결국 밤 10시까지는 두 사람 다 확실하게 알리바이가 있단 말이죠. 그런데 그 이후가 문제네요."
그날 해당 여학생의 대시를 받은 서정훈 교수는 여학생을 뿌리치고 집으로 와서 잠들었다고 한다. 그런데 그 시간에 여학생은 강간당했다고 했다.
"시간이 문제입니다. 아무리 봐도 시간이 비어요."
"40분……."
해당 장소에서 서정훈 교수의 집까지 걸리는 시간은 40분. 그런데 서정훈 교수가 집에 도착한 시간은 출발하고 나서 한 시간 반 후. 그리고 그 여학생이 강간으로 신고한 시간은 다음 날 아침 9시 30분.

"무려 50분이나 빈다는 건데."

서정훈 교수의 말로는 도로 공사가 있어서 차가 엄청나게 막혔다고 한다.

"공사 내역을 확인해 봤습니까?"

"그런 공사가 없었다네요."

"공사가 없었다?"

"네, 그래서 더 부담되는 거예요."

공사가 있어서 차가 막혔다면 어떻게든 시간이 이상하다고 주장할 수 있다. 그런데 공사가 없었다니?

"블랙박스도 없고. 돌겠군요."

"변호사님들, 편지가 왔는데요."

"편지요?"

"네, 여기."

직원이 한 무더기의 편지를 가지고 오는 것을 본 노형진은 얼굴을 찌푸렸다.

"아주 단체로 미쳤구나."

그들에게 온 것은 다름 아닌 협박 편지였다. 강간범을 지켜 주는 강간범 옹호자라는 말부터 강간범 양성소라는 말까지 별별 욕설들로 가득했다. 특히 이은영 변호사에게는 거의 저주에 가까운 말들을 했다. 여자 변호사가 염치도 없이 강간범을 변호한다고 말이다. 벌써 강간범에게 뚫렸냐는 둥 한 번 대 주니까 좋냐는 둥 말로는 못 할 욕설이 엄청났다.

"미친 꼴페들 같으니라고."

노형진은 페미니즘을 싫어하지는 않는다. 하지만 그중 일부인 남자에 대한 증오만으로 움직이는 사람들은 무척이나 싫어했다. 여성 인권을 향상시키기 위해서가 아닌 자신들의 분노와 복수를 풀어 내기 위해 활동하기 때문이다.

"무 변호사님, 들어와 보세요."

"네."

무태식이 들어오자 노형진은 그 편지 무더기를 더 이상 자세히 보지 않고 박스째로 그에게 들이밀었다.

"이거 읽어 보시고 좀 과하다고 생각되는 사람은 모조리 협박과 모욕으로 고소 넣으세요."

"몽땅 다요? 못해도 이백 명은 넘을 텐데요?"

"편지를 보낼 정도면 각오한 놈들 아니겠습니까?"

물론 메일이나 전화도 오고 있다. 당연히 오는 족족 고발되고 있는 상황.

다만 전화를 하는 놈들은 좀 덜 적극적인 놈들인지라 녹음 중이라는 한마디에 울고불고 난리도 아니었다.

"그나저나 이걸 어떻게 생각하세요?"

"일단…… 현장 답사를 한번 가 봐야겠군요."

어찌 되었건 모든 것은 현장에서 벌어졌다. 당연히 현장에

가 봐야 한다.

⚖

"이곳인가?"

노형진이 도착한 곳은 사건이 벌어졌다고 하는 어느 교외의 작은 커피숍이었다.

"도대체 왜 여기까지 온 거야?"

교수라는 사람도 바보 같은 것 같았다. 자신에게 집착하는 걸 알면서도 여기까지 오다니.

"실례합니다."

커피숍으로 들어간 노형진은 꾸벅꾸벅 졸고 있는 바리스타를 발견했다.

딸랑.

문이 닫히면서 그 위에 달린 종이 울리자 화들짝 놀라면서 일어나는 바리스타.

"츄릅, 어서 오세요."

그는 입에 흐르는 침을 닦으면서 정신을 차렸다.

"죄송합니다만 혹시 이분들을 알아보실 수 있나요?"

노형진은 사진을 건네자 남자는 한숨을 푹 쉬었다. 하긴 손님이 온 줄 알았는데 또 사진이라니.

"지난번에도 경찰이 왔다 갔는데 또 오시다니요."

"하하하, 전 변호사라서요."

"끄응…… 일단 그때 두 분 다 뵙기는 했습니다. 두 분 다 상당히 격해진 모양입니다만, 뭐라고 하는지는 모르겠더군요."

"그래서 그 후에 무슨 일이 벌어졌나요?"

"모르겠습니다. 남자가 버럭 화내면서 나갔고 여자도 그 뒤를 따라갔거든요. 그 후에는 못 봤습니다."

"흠…… 혹시 외부에 카메라 같은 거 있습니까?"

"아니요, 없는데요."

"그렇군요."

피해자, 아니 피해자라고 주장하는 구진미의 주장에 따르면 이곳에서 서정훈 교수가 자신에게 고백했는데 거절하고 나갔다고 했다. 그리고 좀 떨어진 주차장으로 향했는데 그곳에서 서정훈 교수가 강제로 끌고 산에 들어가 강간했다는 것이다.

"결국 여기까지는 동일하다는 건데."

기록을 봐도, 상황을 봐도 이 커피숍까지의 경로는 동일하다. 하지만 여기서부터 달라진다. 서정훈 교수는 구진미의 고백에 화내면서 나와서 차를 타고 출발해 구진미만 그곳에 남겨졌기 때문이다.

"이곳인가?"

그들이 갈라졌다고 말하는 장소. 그곳은 커피숍에서 좀 떨어진 주차장이었다. 자갈로 만들어진 임시 주차장이었는데 주변에 있는 연인을 위한 커피숍과 산으로 올라가는 차들을 위해 만들어 둔 곳이었다.

"흔적은 없을 것 같군."

노형진은 자갈을 '팍' 소리가 나게 차면서 중얼거렸다. 이렇게 자갈이나 시멘트 등으로 된 공간은 흔적이 남지 않는다. 설사 남는다고 해도 순식간에 사라진다.

"그럼…… 남은 장소는 저곳인가?"

구진미가 강간당했다고 하는 장소. 그곳으로 시선을 돌린 노형진은 천천히 산을 올라가기 시작했다.

"일단…… 증언하고는 일치하는군."

그녀의 증언에 따르면 서정훈 교수는 그녀를 강제로 끌고 작은 샛길로 올라가 그곳에 있는 작은 정자에서 강간했다고 했다.

아니나 다를까, 그곳에 가 보니 작은 정자가 있었다.

"가끔 사람이 오는 모양인데?"

잘 보이지 않는 위치이기는 하지만 깨끗하게 정리된 걸 보니 아마도 가끔 사람이 오기는 하는 모양이었다.

"불리해, 역시."

그녀는 이 지역에 대해 잘 설명하고 있다. 즉, 증언에 구체성이 있다. 하지만 서정훈 교수는 그런 게 없다. 아이러니하지만 없었던 일을 꾸며 내는 것은 쉽고, 없었던 일을 증명하는 것은 어렵다.

이리저리 정자가 있는 곳을 살펴보는 노형진.

"후우, 역시 증거는 없군."

아니나 다를까, 노형진의 예상대로 증거는 없었다. 하지만 노형진이 여기까지 온 건 단순히 증거를 찾기 위해서가 아니었다.

"어찌 되었건 왔다는 것이지."

그녀가 여기에 대해 잘 설명했다는 건 어떤 식으로든 이곳에 왔다는 것. 즉, 강간이 이루어졌든 다른 이유로 왔든 그녀의 기억이 여기 있다는 뜻이다.

"후우!"

노형진은 가운데 자리를 잡고 기억을 더듬기 시작했다. 그리고 그날 벌어진 일을 찾기 시작했다. 벌써 흐릿해지는 기억도 있었지만 다행히 비슷한 시점의 기억을 찾을 수가 있었다.

'이건가?'

노형진이 기억을 더듬기 시작하자 갑자기 눈앞에 드리워졌다.

'이거…… 너무 어두운데?'

노형진이 기억 속에서 가장 먼저 본 것은 어둠이었다.

산에서 살짝 벗어난 데다가 주요 통행로에서 벗어난 길은 해가 떨어지자 상상 이상으로 어두웠다. 그 덕분에 앞이 보이지 않을 지경이었다.

'이건 누구의 기억이지?'

기억이 있다는 건 누군가 있다는 것이다. 그렇다면 이 시간에 있는 건 둘 중 하나, 즉 서정훈 교수나 구진미라는 것.

그 순간 분노와 짜증, 격렬한 증오가 훅 치고 들어왔다.

'구진미.'

엄청난 증오심과 상대방에 대한 살의와 분노, 수치심이 느껴졌다.

'단단히 삐뚤어졌구만.'

그녀는 자신을 거절한 서정훈 교수를 용서하고 싶은 생각이 없었다.

'결국 서 교수의 말이 맞았군.'

어떻게 그의 정액을 얻었는지 알 수는 없지만 일단 이 현장에서 강간이 벌어지지는 않았다는 사실을 알 수 있었다.

'문제는…… 어?'

문제는 이걸 어떻게 증명하느냐라는 것인데, 그걸 고민하려는 찰나 노형진은 이상한 걸 느꼈다.

'밝아졌다?'

주변이 아까보다 조금 더 밝아진 것이다. 시간이 얼마 지나지 않았다. 그런데 밝아졌다니?

'어째서?'

밝아질 이유가 없다. 분명 사건이 벌어진 건 밤 10시경이었다. 그런데 왜 그 짧은 시간에 밝아지는 것일까?

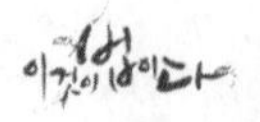

'시간이 다르다!'

노형진은 멀리 밝아지는 하늘을 보면서 사실을 알아챘다. 시간이 달랐다. 구진미의 기억을 읽는 데에 집중한 나머지 그녀가 올라간 시간을 간과한 것이다.

'해가 뜨고 있다. 그렇다는 건 밤새도록 여기 있었다는 건데. 아니야…… 분명 여기로 올라오는 기억을 봤다. 그렇다면 다른 곳에 있다가 올라왔다는 거야. 주변을 답사한 건가?'

그럴 가능성이 높다. 그렇지 않다면 여기까지 올라올 이유가 없다. 즉, 사건을 조작하기 위해 주변을 답사했다는 뜻이다.

'이거, 이거…… 쉽지 않겠군.'

아주 작심하고 사건을 만든 거라면 방어하기가 쉽지 않다. 일단 증거가 없으니까.

'일단 새벽에 온 건 확실한데.'

그런데 거기서 노형진은 이상한 점을 느끼고 있었다. 뭔지 모를 어색함. 그리고 기억 속에서 구진미가 도로 쪽을 내려다봤을 때 뭐가 어색한지 알 수가 있었다.

'어떻게 간 거지?'

그녀가 강간에 대한 신고를 한 시간은 9시 30분. 문제는 이곳은 시골이라 그 시간에 버스 같은 대중교통이 다니지 않는다는 점이다.

'택시? 그럴 수도 있겠어.'

콜택시를 탄다면 의외로 그곳에 갈 수도 있다. 그리고 콜

택시를 부른다면 다른 사람들의 시선을 피할 수도 있다. 언론에 피해자의 얼굴은 나오지 않으니까.

노형진이 콜택시를 알아보려고 마음먹는 순간 구진미가 고개를 돌렸다. 그리고 그 너머에서 누군가 부르는 목소리가 들렸다.

"진미야."

'여자?'

낯선 여자의 목소리. 아직 어두운 반대편 숲속에서 들리는 목소리였다.

"가자."

여자는 어두운 그림자 속에 있어서 그 모습이 보이지 않았다. 그런데 그 목소리가 왠지 이상했다. 절대 두려움에 떨거나 걱정하는 목소리가 아니라 뭔가를 기대하는 듯한 기대감에 찬 목소리였던 것이다.

"다른 사람은?"

"없어."

"그래, 가자."

정자 아래로 천천히 내려가는 구진미.

노형진은 어떻게 해서든 그 여자의 정체를 알아내기 위해 사력을 다했다. 하지만 그녀가 내려가면서 기억이 끊어졌고 결국은 그녀가 누군지 알아내는 데에 실패했다.

"이런 젠장!"

택시가 아닌 누군가의 차를 타고 움직였을 가능성이 높다. 그렇다면 택시보다 훨씬 곤란하다. 택시에 전화해서 콜택시를 부른 시간을 확인할 수 있지만 누군지 모를 동행인을 확인할 방법은 없기 때문이다.

"이런 염병."

노형진은 정자 아래로 내려가서 최대한 기억을 읽어 내려고 했지만 아무런 흔적도 없었다. 아주 찰나의 순간에 스치고 지나가서 그런 듯했다.

"어쩐다……."

생각지도 못한 인물의 등장에 노형진은 얼굴을 찌푸렸다.

"후우, 할 수 없군……. 일단…… 할 수 있는 데까지 찾아봐야지."

"역시 면허가 없단 말이지요."

"네."

"그럼 남자 친구는?"

"없습니다."

"하긴."

남자 친구가 있다면 서정훈 교수에게 집착할 이유가 없다.

그렇다면 완전히 제3자라는 건데, 여자라는 점을 생각하면 너무 변수가 많다. 학생의 80% 이상이 여자인 학교가 아닌가?

"그나저나 확실한 겁니까, 제3자가 그곳에서 태우고 갔다는 게?"

"네."

"그걸 어떻게 확인하신 건가요?"

"증인이 있습니다. 하지만 증인 출석은 거부하더군요."

"끄응."

'진짜 이거 불편해.'

물론 증인 같은 사람은 없다. 노형진이 그저 기억에서 읽어 낸 것뿐이다.

"일단은…… 1차 변론 기일에 어느 정도 방어할 수 있는 자료는 찾았습니다. 하지만 말 그대로 방어하는 정도이지, 사건을 뒤집을 수 있는 건 아닙니다."

"그럼 어떻게 하지요?"

"최대한 시간을 끌어 보죠. 그 후에 그 여자를 찾으면 사건을 뒤집을 수 있을 겁니다."

최선의 방어

"친애하는 재판장님, 피고인은 ○○월 ○○일 10시경에 피해자를 강제로 끌고 강간한 것이 명확하게 드러났습니다. 증거에 따르면 피고인은 피해자에게 교제 신청을 하였으나 피해자는 피고인이 스승으로서 교육직에 몸담고 있는 점과 기혼자로서 아내와 자녀를 데리고 있는 점 등을 들어 교제를 거절하였습니다. 이에 피고인은 그녀를 데려다준다는 핑계로 산 아래에 있는 주차장으로 그녀를 인도한 후 피해자를 바로 뒤에 있는 산으로 끌고 가 그곳에 위치한 정자에서 강간한 후 그곳에 버리고 도주하였습니다."

검사가 천천히 다시 한 번 범죄 사실을 정확하게 하나씩 불러 줄 때마다 서정훈 교수는 불안한 눈빛이 되었다. 그럴 수밖에 없는 것이, 방청석에서는 여성계 각층의 사람들이 와서 그의 파멸을 기대하면서 구경하고 있었기 때문이다.

'망할.'

이런 상황이라면 판사가 부담을 가질 테니 당연히 의뢰인에게 부당한 판결이 나올 수밖에 없다.

'일단은…… 시간 끄는 걸로 가야겠어.'

확실한 증거가 없는 이상, 시간을 끌어서 확실한 증거를 가지고 오거나 그때 그곳에 있던 여자를 찾아야 한다. 만일 여기서 패하게 된다면 서정훈 교수는 현장에서 수감될 가능성이 높다.

물론 3심을 신청해서 거기서 뒤집을 수도 있겠지만 그때쯤이면 상당 기간 동안 감옥에 있어야 하는 데다 수감되는 순간 그가 이룩한 모든 것이 날아간다. 3심에서 이긴다고 한들 그게 되돌아오지는 않으니 어떻게든 여기서 차단해야 한다.

"친애하는 재판장님, 피고인 측은 이번 사건에 대해 이상함을 느끼고 있습니다. 일단 검찰 측의 주장과 다르게 이번 사건 전에는 대부분의 연락을 피해자 측에서 하였고 사건 당일의 연락도 피해자 측에서 한 것으로 되어 있습니다. 피고인 측은 몇 번의 답변서를 통해 피해자가 수차례 피고인에게 집착하고 있다는 사실을 말씀드렸습니다."

"그 부분에 대해서는 피해자가 피고인이 담당 교수라 졸업 준비와 관련된 질문을 하기 위해서라고 설명했습니다. 피해자는 현재 대학교 4학년으로 올해 졸업반입니다. 즉, 졸업 준비를 하기 위해서는 피고인의 도움이 절실했기에 어쩔 수 없이 연락한 것입니다."

아니나 다를까, 그 부분에 대해서는 철저하게 준비되어 있었다.

'검사가 거짓말하는 건 아닐 테고.'

아마도 구진미가 검사에게 거짓말을 했을 가능성이 높다.

"그녀는 대학교 4학년입니다. 하지만 올해는 이제 시작되었고 아직까지 대학 졸업에 대한 부담을 느낄 시점은 아닙니다."

"그건 과거의 이야기입니다. 경제가 좋지 않은 상황에서 실질적으로 졸업한 후 취업을 잘하기 위해서는 대학에서 얼마나 좋은 점수를 받느냐가 관건인데, 그 권한을 가진 사람은 피고인인 서정훈입니다."

"하지만 다른 교수님들 역시 학점을 주는 것은 마찬가지인데요?"

"다른 교수에 비해 서정훈 교수는 훨씬 낮은 점수를 주고 있습니다. 보다시피 학생의 전 학기 성적을 보면 평균 A^-와 B^+를 유지하고 있습니다. 그럼에도 불구하고 서정훈 교수가 준 성적은 유독 낮은 점수인 C^-입니다. 이는 그녀가 자신의 욕망에 대응하지 않자 고의적으로 낮은 점수를 준 것으로밖에 볼 수 없습니다."

'이런 염병.'

검사는 생각보다 뛰어난 사람인 듯했다. 솔직히 노형진은 성적에 대해서는 생각도 못 하고 있었다.

"증거로 지난 학기와 지지난 학기의 성적표를 제출합니다."

증거가 제출되면서 노형진은 서정훈 교수에게 고개를 숙였다.

"왜 저렇게 낮은 점수를 준 겁니까?"

"실력이 그것밖에 안 되니까."

"네? 하지만 다른 건 다 점수가 높은데요?"

"그거야 학점 인플레 때문이네."

"아……."

학점 인플레란 말 그대로 취업을 위해 고의적으로 학점을 높게 주는 현상을 말한다. 몇몇 대학은 이런 현상을 막기 위해 상대평가를 채택하고 있다. 상위 몇 %까지면 A⁺, 그다음은 A, 그다음은 A⁻와 같은 식으로 주는 것이다.

"우리 학교는 절대평가일세. 어느 정도 점수만 되면 얼마든지 점수를 줄 수 있지. 난 그럴 생각이 없지만."

"후우!"

보아하니 서정훈 교수는 그걸 알면서도 실력은 실력이라는 고지식한 생각에 낮은 점수를 준 모양이었다.

"재판장님, 해당 성적은 학교 내의 학점 인플레 현상으로 인해 높게 주는 현상입니다. 피고인은 그런 인플레 현상을 신경 쓰지 않고 실력에 맞게 점수를 준 것입니다."

노형진이 답변하기는 했지만 결국 변명에 지나지 않는다는 사실을 알고는 있었다.

"피고인 측은 분명 돌아오는 길에 공사가 있어서 길이 막혀 자택에 늦게 돌아왔다고 했습니다. 하지만 수도공사를 비롯한 도로공사, 전기공사 등 관련 업체들에 문의한 결과, 그날 귀갓길이 있는 지역에는 어떠한 공사도 없었습니다."

그게 문제다. 분명 서정훈은 공사가 있다고 했다. 하지만 관련 공사 기록은 없는 상태.

'그럼 개별 공사라는 건데.'

개별 공사란 정부가 아닌 개별적으로 공사하는 것이다. 하지만 도로를 막는 공사의 경우 도로공사에 허가받아서 하게 되어 있다. 따라서 그 공사가 기록에 없었다는 건 공사를 하지 않았다는 말밖에 되지 않는다.

"해당 공사에 대해서는 피고 측이 조사 중입니다. 그러니 조만간 그 결과를 말씀드리도록 하겠습니다."

최선을 다한다고 했지만 워낙 강력한 증거가 있다 보니 노형진도 이번 사건은 시간을 끄는 것이 한계였다. 그나마도 당장 구속당하지 않은 것이 다행이라면 다행인 상황.

"어떻게 생각하나?"

"좋지 않습니다. 정액을 어떻게 얻은 건지 도무지……."

가장 강력한 증거는 정액이다. 아무런 관계가 아니라면 당연히 정액 같은 건 없어야 한다. 그런데 명백하게 정액이 나왔고 유전자 조사 결과, 서정훈 교수의 정액이 맞았다.

"누차 말하지만 난 아이가 두 명뿐일세."

"압니다. 알아요."

재판을 끝내고 나오는 서정훈 교수를 기다리고 있는 세 살쯤 되어 보이는 쌍둥이. 그 쌍둥이가 서정훈 교수의 아이들이다.

'도대체 어떻게 구한 걸까?'

노형진은 재판정에 나오면서 곰곰이 생각에 잠겼다. 사실 피나 지문은 어디서든 구할 기회가 없는 건 아니다. 하지만 정액은 성적인 행위를 통해서만 구할 수 있다.

"흠……."

노형진은 생각을 더듬으면서 재판정을 나갔다. 그리고 서정훈 교수는 힘들다는 표정으로 그런 노형진을 따라갔다.

"난 자네만 믿네."

"최선은 다하겠습니다만."

아무래 생각해도 도무지 정액을 구할 방법이 없다.

아니, 딱 하나 있긴 하다. 바로 와이프.

'그런데 그럴 이유가 없잖아.'

아내라면 남편의 정액을 구하는 건 어려운 일이 아닐 것이다. 하지만 생각해 보면 아내가 이런 미친 짓을 할 이유가 없다. 더군다나 지금 쌍둥이까지 있는 상황.

만일 서정훈이 이 사실이 드러나서 파직당하면 집안이 시끄러워지는데 그녀가 정액을 구해 외부로 반출할 이유가 없다.

"꺄하하하!"

그런 부모님들의 고민을 아는지 모르는지 아이들은 신나게 뛰어다녔고 노형진은 한숨을 내쉬었다. 그 순간 그의 눈에 들어온 것은 신발이었다.

"신발?"

다름 아닌 아이들의 신발. 쌍둥이 녀석들이 놀다가 벗어 버린 모양이었다. 그리고 그걸 확인한 그는 뭔가 생각날듯 말 듯한 얼굴이 되었다.

'쌍둥이…… 쌍둥이…… 뭔가 생각날듯 말듯……. 아, 돌아 버리겠네, 젠장.'

담당했던 사건은 아니지만 분명히 쌍둥이 관련 사건이 있었다. 관련 사건이었다면 쉽게 기억났을 것이다. 그런데 그렇지 않다는 것은 어디선가 흘깃 봤다는 것이다.

그리고 그게 지금 자꾸 자신의 감각을 건드리고 있다는 것이 이번 사건과 관련이 있다는 뜻이고 말이다.

'뭐더라?'

"으애앵!"

두 아이는 잘 놀다가 뭐가 틀어졌는지 티격태격하기 시작했다. 그걸 본 노형진은 신경 쓰이던 것이 뭔지 깨달았다. 어쩌면 가능성이 있을지도 몰랐다.

"서정훈 교수님, 이게 예의가 아닌 거 알지만 혹시 저 아이들, 시험관아기 아닙니까?"

"그, 그게 무슨 말이오?"

"사실대로 말해 주십시오. 중요한 일입니다."

"크흠……."

시험관아기.

어머니나 아버지의 몸에 이상이 있어 외부에서 수정된 다음 어머니의 자궁에 수태되어 태어나는 아이들.

하지만 그들은 아직은 주변에 알려지지 않았다.

'그래, 그래서 내 신경을 건드린 거였어.'

그리고 노형진이 생각했던 그것. 그건 다름 아닌 시험관아기는 쌍둥이가 많다는 점이다. 그리고 현재 서정훈 교수의 나이는 마흔다섯. 그런데 아이는 세 살이다. 큰 아이가 있다면 아주 늦둥이라고 할 수 있겠지만 그마저도 없다는 건 시험관아기일 가능성이 아주 높다는 뜻이다.

"그건……."

"말씀해 주십시오. 어쩌면 그게 이 사건을 해결할 수 있는 열쇠일지도 모릅니다."

"열쇠?"

"네."

"저 아이들이 무슨 열쇠란 말이오? 설마 저 아이들의 엄마가 그 미친 여자라고 생각하는 거요?"

"아닙니다. 하지만 시험관아기가 맞다면 한 가지 가능성이 열립니다."

"한 가지 가능성이라니?"

"정액을 어떻게 구했는지 말입니다."

그 말에 얼굴이 딱딱하게 굳는 서정훈. 안 그래도 이번 사건에서 만남을 가진 적도 없는데 정액이 나와 당황스러워 죽을 판국이었다. 그런데 정액이라니?

"그게 말이나 된다고 생각하는 거요?"

"가능성이 있습니다."

노형진이 아까부터 생각나려고 했던 사건. 그건 미래에 벌어지는 사건이었다. 바로 정자, 또는 난자의 불법 거래 말이다.

난자는 임신할 때 대부분 사용하니 좀 덜하지만 실제로 정자는 남자가 모아 둔다면 상당히 많이 사용할 수 있다. 다만 정자를 이용하여 임신이 성공해 아이를 출산하면 친부모의 선택에 의해 남아 있던 정자는 폐기된다. 문제는 그렇지 않은 경우가 발생했다는 것.

'그래서 내가 기억을 잘 못했던 거였어.'

유전자의 힘은 강력하다. 호랑이 아래 개새끼 없다는 옛말도 유전자적으로 강한 사람의 아이 역시 강할 가능성이 크기 때문에 나온 말이다. 그리고 그게 문제가 되었다.

'정자 밀거래 사건.'

아주 뛰어난 사람의 경우 비밀리에 대상 정자를 폐기하지 않고 가지고 있다가 수태를 원하는 부부나 여성이 나타나는 경우 해당 정자를 이용하여 임신시키는 것이다. 더욱 좋은 유전자를 가지겠다는 일부 삐뚤어진 생각을 한 부모들 때문이다.

특히 남자가 문제가 있어 어차피 누군가의 정자로 기증받아서 낳아야 하는 경우에는 사회적 지도층, 특히 유전적으로 입증된 교수와 같은 인물들의 정자가 엄청난 가격으로 거래되기도 했다.

"그러니까 내 정자가 그렇게 거래될 수도 있다?"

"네, 아무래도 불임 시술을 할 때는 여러 차례 정자를 수집하니까요."

"끄응……."

사색이 되는 서정훈 교수.

'그럴 만도 하지.'

이 사건은 진짜 우연히 알려지게 되었다. 그렇게 출산한 한 여성의 아이가 백혈병에 걸리자 그 어머니가 골수 기증자를 찾기 위해 자수하면서 벌어진 사건일 정도로 주변에 알려지지 않았다. 그나마 미국에서 벌어진 사건이니 한국에는 아직 조사 기록도 없을 게 뻔했다.

'그때 그 사람이 아주 난리였지.'

정자의 기증자는 미국의 저명한 판사였고 사태가 벌어지고 나서 수사에 들어가자 미국 내에 그의 유전적인 아이만 무려 열세 명에 달해서 말 그대로 패닉을 일으켰다.

"설마 그게 가능하다는 말인가?"

"네."

"후우……."

서정훈 교수는 한숨을 푹 쉬다가 아이들을 바라보았다.

"아이들이 욕하려는 게 아닙니다. 이대로 아이들이 강간범의 아이라는 소리를 듣게 하고 싶지는 않으시겠지요?"

그 말에 서정훈은 고개를 끄덕거렸다.

"솔직히 말하면…… 시험관아기가 맞네."

'역시.'

노형진의 예상대로 시험관아기였다. 서정훈 교수는 포기한 듯 천천히 이야기했다.

"난 늦게 결혼한 편이지. 그래서 아이를 가지려고 노력했지만 안 생기더군. 나중에 검사하고 나서야 아이 엄마에게 문제가 있다는 것을 알았네."

나팔관, 즉 정자가 난자가 만나야 하는 통로가 막혀 있다는 것. 결국 두 사람은 시험관아기를 가지기로 했고 무려 다섯 번이나 시도 끝에 쌍둥이를 가질 수 있었다. 시험관아기가 쌍둥이가 많은 이유는 확률을 높이기 위해 한 번에 여러 번 착상 시도를 하기 때문이다.

"그럼 그 병원에 대해서는 어떻게 했습니까?"

"그거야 당연히 폐기해 달라고 했지. 두 아이면 충분하다고 생각을…… 끄응……."

뭔가 기억이 난다는 듯 신음성을 흘리는 서정훈 교수.

"기억나시는 게 있습니까?"

"그러고 보니…… 이상하게 정자 채취를 많이 했던 것 같네."

"그런가요?"

"나도 인터넷으로 좀 알아봤으니까."

남자는 한번 채취하면 대부분 부족하지 않다. 사정 한 번에 수억 마리씩 나오니까. 그러니 그걸 자주 할 이유가 없다.

"그쪽에서는 안전한 보관을 위해서라고 하기는 했는데."

생각해 보면 보관 상태를 확인한 적이 없었다.

"그 병원, 이름이 뭡니까?"

"새탄생여성병원."

"새탄생여성병원이라……."

노형진은 어쩌면 정액에 관련된 비밀을 풀 수 있을지도 모른다는 생각을 했다.

⚖

"새탄생여성병원. 원장은 이화미라는 여성입니다. 재무기록을 보면……."

고문학은 바로 조사를 시작했고 얼마 지나지 않아 제법 많은 정보를 가지고 왔다.

“생각보다 정보가 많군요.”

“완전 방심하고 있는 것 같습니다. 하긴 그런 짓을 할 거라는 생각을 누가 하겠습니까?”

새탄생여성병원은 서울에 있는 제법 커다란 병원으로, 주요 진료 업무 중 하나가 바로 불임 시술이었다.

“일단 회사의 재무 기록 자체는 이상하지 않습니다. 하지만 원장의 재무 기록을 보면 고개를 갸웃하지 않을 수가 없더군요.”

“그래요?”

“네, 여기저기에 땅이 제법 많습니다. 특히 경기도에 모여 있습니다. 빌라나 상가 등 주로 돈이 될 만한 곳에 있네요.”

“그거야 병원이 크니까 그럴 수도 있지 않나요?”

“그래도 과도하다 할 정도입니다. 병원에서 받는 수익으로 그 정도의 확장을 하기는 힘듭니다. 특히 작년에만 무려 4억 이상의 땅을 샀는데 1년 내내 그가 가지고 간 돈을 다 합해도 3억 정도입니다. 생활비 같은 걸 더 뺀다고 하면 못해도 2억 이상의 돈이 비는 겁니다.”

“기존에 산 곳에서 수익이 추가로 있을 가능성은?”

“있습니다만 그 정도는 아닙니다. 가장 큰 문제는 그럼에도 불구하고 씀씀이가 무척이나 헤프다는 겁니다.”

"씀씀이가 헤프다?"

"네, 명품을 동네 시장 가방 고르듯이 사더군요."

"흠……."

노형진은 곰곰이 생각에 빠졌다. 그렇다면 분명 자신들이 모르는 돈이 나오는 구멍이 있다는 뜻이다.

"문제는 그걸 어떻게 증명하느냐는 건데."

그들은 수사관이 아니다. 따라서 마음대로 수사하기 힘들다.

물론 경찰에 신고하면 수사해 주기는 하겠지만 이런 경우에는 조사 자체가 거의 힘들다. 구입한 여성들이나 가족들이 사실이 드러나는 것을 원하지 않아 가장 확실한 증거인 유전자를 구할 수 없는 탓이다. 그렇다고 다짜고짜 정자를 저장하고 있는 냉동 탱크를 열어젖혀서 수백 개의 정자들을 검사할 수는 없는 노릇.

"결국은 가장 확실한 증거가 있어야 한다는 건데."

그렇게 생각에 잠겨 있던 노형진은 한 가지 방법을 생각해 냈다.

"결국은 우리가 함정을 파는 수밖에 없겠군요."

"함정이라 하시면?"

"우리가 구매자가 되는 수밖에요."

"구매자가요? 우리 쪽 애들을 투입시키자는 건가요?"

"네."

만일 구입하는 장면을 찍을 수만 있다면 수사를 시작할 수 있을 테고 그렇게 되면 정자를 보관한 적이 있던 모든 남자들에게 연락이 가니 정부도 심각하게 받아들일 수밖에 없다.

"이건 심각한 문제가 될 수도 있습니다."

만일 이게 드러난다면 여러 가정들이 깨질 수도 있다.

"그렇다고 그냥 넘어갈 수는 없지 않습니까?"

구입하는 사람은 그냥 유전적으로 좋은 아이를 얻기 위해 사는 것이다. 하지만 실질적으로 졸지에 전국에 수십 명의 아이들이 생길 수도 있는 일이다.

실제로도 그런 영화도 있었다.

물론 코믹을 위해 만든 영화지만 당장 그런 일이 생긴다면 당사자인 남자는 얼마나 황당하겠는가? 자기는 멀쩡하게 아내와 아이가 있는 몸인데 누군지도 모르는 자기 아이들이 어딘가에서 자라고 있다니.

"그럼 적당한 사람을 보내야 할 것 같은데…… 누굴 보내죠?"

노형진은 정보 팀에 있는 사람들을 더듬어 봤다. 하지만 죄다 남자뿐이라 보낼 사람이 없었다.

"적당한 나이대에 있는 사람이 있기는 있습니다."

"그래요? 정보 팀에 여직원이 있나요?"

"여직원은 아니고요."

"네? 그럼 외부 인사?"

"이런 문제는 외부 인사를 쓰기에 위험한 일입니다."

"그렇지요?"

이화미 원장이라면 분명 사회적으로 인정받은 정자만 제공했을 것이다. 그리고 그녀와 거래한 사람들은 사회 지도층일 것이 뻔하다. 그런데 이런 걸 선불리 내보낸다면 준비할 틈도 없이 역동당할 수도 있다.

"그럼 누굴 보내죠?"

"딱 맞는 사람이 있기는 합니다. 그 두 분이 할지는 모르겠지만."

"두 분?"

노형진은 고개를 갸웃했다.

⚖

"내가 너랑 부부라니."

"그렇게 말이다. 내 눈이 삐었지."

"좀 웃어라."

무태식과 민시아는 티격태격하면서 병원 입구로 걸어가고 있었다.

고문학이 생각한 가장 어울리는 커플은 민시아와 무태식이었다.

둘 다 결혼 적령기이고 동기여서 서로에 대해 잘 아는 덕분에 상대방을 속여 넘기기도 쉽다. 더군다나 변호사여서 이번 일이 얼마나 중요한지도 잘 알고 있다. 그래서 이번 일의

적임자였다.

"그나저나 진짜일까?"

무태식은 병원으로 다가가면서 조심스럽게 물었다.

"그렇겠지. 노형진 변호사가 언제 틀린 적이 있어?"

회사에서야 노형진이 상급자니 이름 뒤에 '님' 자를 붙이지만 둘이 있을 때는 나이가 어려 이름만으로 부르는 두 사람.

"하긴…… 그러기는 한데…… 좀 소름 끼친다."

"왜?"

"아니, 그렇잖아. 어디서 누군지도 모르는 여자에게 내 아이들이 자라고 있다니. 그렇게 소름 끼치는 일이 흔하냐?"

"흠…… 남자는 그런가?"

"여자는 안 그래? 아, 그럴 수가 없겠구나."

여자는 자기가 열 달 고생해서 낳아 키우니 그런 일은 없을 것이다. 하지만 남자는 다르다.

"미혼모 만드는 녀석들은 넘치고 넘쳤는데, 뭘."

"그런 놈이랑 같냐? 그건 그냥 인간쓰레기, 아니 인간 폐기물이고 정상적인 남자라면 자기 자식 정도는 책임진다고."

"그래?"

"그래, 오죽하면 남자가 일생에서 정신을 차릴 수 있는 기회가 군대 갈 때랑 자기 아이를 볼 때라는 말이 있겠냐?"

실제로도 막 살던 남자들이 자기 아이를 보면서 정신을 차리는 경우가 제법 많다.

"하긴."

민사아는 고개를 끄덕거리면서 어느 정도는 수긍했다. 일하다 보면 이런저런 일도 보기 마련이니까.

"만일 이 일이 커지면 난리 날걸."

"하아, 거참…… 묘한 사건이네. 노형진 변호사는 진짜 사건 키우는 데에 도가 튼 느낌이야."

"격하게 동감한다."

그렇게 말하던 그들은 안으로 들어가는 순간 얼굴에 철판을 깔고는 부부 행세를 하기 시작했다.

"실례합니다."

"네, 무슨 일로 오셨지요?"

"이화미 원장님하고 상담 약속을 잡았는데요."

"잠시만요. 아, 김숙자 씨 부부시죠?"

"네."

"안으로 안내해 드리겠습니다."

능숙하게 안내하는 직원을 따라 두 사람은 천연덕스럽게 그 안으로 들어갔다. 그런 그들을 맞이한 건 자리에 앉아서 기다리고 있던 이화미 원장이었다.

"어서 오세요. 불임 치료 때문에 오셨다고요?"

"네."

"의뢰서는 받았습니다. 남자분이 문제네요."

"크흠."

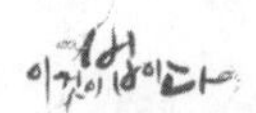

그 말에 무태식은 헛기침했다. 아무리 가짜라고 하지만 남자에게 문제가 있다는 것은 그다지 듣기 좋은 말은 아니었던 탓이다.

그런데 의외로 그게 일반적인 행동이었는지 피식 웃는 이화미.

“아무래도 남자분들이 좀 기분 나빠하시기는 하죠. 하지만 어쩌겠습니까?”

“그러기는 하죠.”

“무정자증이라……. 이건 대책이 없네요.”

노형진이 보낸 가짜 진단서대로 무태식은 무정자증인 것처럼 거짓말을 하자 이화미는 미소를 지으면서 무태식을 바라보았다.

“건수 씨 같은 경우는 아무리 노력해도 방법이 없어요.”

“하지만 여기서 어떤 식으로든 방법을 제시해 주신다고 들었어요.”

민시아가 절박한 것처럼 행동하자 그걸 본 이화미는 마치 안되었다는 듯 고개를 흔들었다.

“물론 방법이 없는 건 아닙니다. 보통은 정자를 기증받아서 진행합니다.”

“정자를 기증받아서 한다고요?”

마치 처음 듣는 것처럼 깜짝 놀라는 무태식.

“네, 남자가 무정자증인 경우라면 어쩔 수가 없답니다. 반대로 여자가 무난자증이라면 여성에게서 난자를 기증받기도 한답니다. 드물기는 하지만요. 난자가 정자처럼 넘치는 경우는 없거든요."

"그, 그래요?"

"네."

그렇게 말하면서 그는 두 사람의 눈치를 봤다.

'둘 다 돈이 좀 있어 보인단 말이지.'

입고 온 옷이나 차를 보면 있는 집의 자식임이 틀림없다. 그렇다면 더욱 다급할 수밖에 없는 노릇.

"더군다나 유전자의 힘도 무시하지 못하니까요."

"유전자의 힘?"

"네, 아무래도 난자 같은 경우에는 거의 기증자가 없기 때문에 젊은 여자에게 돈을 주고 구입하는 경우가 많답니다."

"구입이라니."

무태식은 살짝 얼굴을 찡그렸다. 불편하다는 뜻이다.

"하지만 여러분도 아시다시피 건강한 난자에서 건강한 아이가 태어나는 법이니까요."

"그거야 그렇지요."

"그러기는 뭐가 그래!"

슬쩍 화내는 민시아. 그리고 괜히 '깨갱.' 하듯 움츠리는 무태식.

물론 수십 번이나 연습하고 간 것이기에 어색한 것은 없었

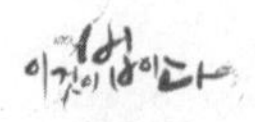

다. 더군다나 평소에도 이와 비슷한 관계라서 이화미 원장은 전혀 의심하지 못했다.

"정자도 마찬가지입니다. 기왕 받으려면 좋은 정자를 받아야 하는 거 아니겠습니까?"

"네?"

"그게 무슨 말씀인지?"

두 사람이 영문을 모르겠다는 얼굴이 되자 이화미 원장은 마치 비밀이라는 듯 목소리를 낮췄다.

"난자도 그렇고 정자도 그렇고, 결국은 유전자가 중요하답니다. 길바닥에 돌아다니는 남자의 유전자를 받고 싶지는 않으실 거 아니에요?"

"전 어느 쪽이든 별로입니다."

"남자들은 대부분 그렇지요. 건수 씨도 마찬가지일 겁니다."

무태식의 가명을 부르면서 친근하게 구는 이화미 원장.

"그렇지만 그래도 자식이 잘난 게 좋지 않으시겠어요? 기왕 생기는 자식, 좀 잘나게 태어나야 노후에도 편하고요."

"크흠……."

무태식은 모른 척했고 거의 넘어왔다고 생각한 이화미는 조용히 말을 꺼냈다.

"원하신다면 유명인들과 선을 이어 드릴 수 있습니다. 아, 물론 정자를 공여한다는 게 아내분과 동침한다는 건 아니에요. 말 그대로 착상 이후에 출산하는 것뿐이니까요."

"유명인?"

"네, 원하는 사람의 정자를 받아서 똑똑한 아이를 낳는 겁니다. 물론 그 과정에 돈이 좀 들기는 하지요."

"공여받는 거라면서요?"

"그런 건 어디 가서 대충 해도 되지요. 하지만 특별한 사람의 특별한 유전자를 받는 게 쉬운 일은 아니잖아요, 호호호."

웃는 이화미를 보면서 두 사람은 어이가 없었다.

설마 진짜로 이런 일이 벌어지고 있을 거라고는 생각도 못했던 것이다.

"그건 좀 그렇군요. 얼굴을 아는 사람의 것을 받는다니."

유명인이라면 방송에 나올 수도 있다. 그렇다면 볼 때마다 생각날 수도 있다.

"그래도 손해는 아니에요. 멍청해서 꼴찌를 하는 녀석보다는 똑똑해서 1등을 하는 녀석이 더 좋지 않겠어요?"

"흠……."

무태식은 불편하다는 듯 고개를 숙이고 있다가 벌떡 일어났다.

"이건 좀 생각해 보겠습니다."

"여보!"

"시끄러워. 나와."

무태식이 우악스럽게 민시아의 손을 잡고 나가자 그 뒤에서 이화미는 미소를 지으면서 말했다.

"기다리고 있겠습니다."

⚖

"확실히 미쳤군."

노형진은 혀를 끌끌 찼다. 녹음된 내용이 누가 봐도 위험한 이야기였던 탓이다.

"진짜로 거래하는 것일 수도 있잖아?"

송정한은 혹시나 하는 마음에 말했지만 노형진의 생각은 달랐다.

"그건 위험한 짓이죠. 만일 후계자 싸움이 난다면 어쩌겠어요?"

"후계자 싸움?"

"네, 가령 어떤 부자의 유전자를 받아서 아이를 가졌다고 쳐 봐요. 그 나중에 그 부자가 죽을 때쯤 되었을 때 혼외자로 후계자 싸움에 나서면 대책이 안 서는 거죠."

"아!"

그때까지 병원이 존재할지도 의문이거니와 설사 존재한다고 하더라도 법적인 자료 보호 기간은 훨씬 지난 상태이니 거기서 증거를 받을 수도 없다.

애초에 병원과 증거가 존재한다 해도 불법적인 거래인 이상, 병원에서 줄 리 없다. 경찰에서 연락이 오는 순간 모든 증거를 파기하고 증거가 없다고 발뺌할 테니까.

결국 남은 건 유전자뿐인데, 그렇다면 결과는 뻔하다.

"송 변호사님이라면 그러시겠습니까?"

"음…… 그럴 리가 없지."

수천만 원의 돈이 큰돈이기는 하지만 미래의 싸움을 생각하면 작은 돈이다. 더군다나 자신들이 그만큼 못 버는 것도 아니고 말이다.

"아마 그 기증자라는 건 분명 사람들 몰래 거래되는 것일 겁니다."

"그럴까?"

"유명인이 체외수정 했다는 이야기, 들어 보셨어요?"

"하긴."

유명인들은 이런 이야기를 외부에 하는 것을 좋아하지 않을 테니까.

"위험한 장난을 하는군."

"걸리지 않을 자신이 있는 겁니다."

그러니 이런 짓을 하는 것이리라.

"그런데 도대체 어떻게 서정훈 교수의 정자가 유출된 거야? 정자 유출과 이번 사건은 전혀 다르잖아?"

"그건 제가 알 것 같습니다."

고문학은 그 둘 사이에 끼어들었다.

그가 조사한 자료를 가지고 이야기하기 시작하자 송정한

은 기가 막히다는 얼굴이 되었다.

"이화미 원장이 이미성숙의 엄마라고?"

"네."

"그럼 이미성숙이 이번 사건의 주범이라는 뜻이잖아?"

예상하지도 못한 사태에 노형진조차 어리둥절해질 정도였다.

구진미가 고소 당사자인 건 알고 있었지만 구진미와 이미성숙이 한패라고는 생각지 못했기 때문이다.

"그래서 좀 알아봤습니다. 이미성숙과 구진미는 같은 학교 출신입니다. 즉, 서로를 알고 있을 가능성이 높다는 거죠."

"크."

"미친년들 아냐?"

척 보니 구진미가 거절에 앙심을 품고 복수할 방법을 찾기 시작하자 그걸 들은 이미성숙이 자신이 정계에 진출할 수 있는 방법이 있다고 생각해서 계획을 짰는데 거기에 이화미 원장이 정자를 제공해서 완벽한 증거를 만들어 낸 듯했다.

"이런 미친. 아무리 생각이 없기로서니."

"이화미부터 생각이 없다고 느끼기는 했지만."

유명인들의 정자를 가지고 거래할 때부터 도대체 이게 무슨 미친 짓인가 하고 생각하기는 했지만 설마 딸까지 그럴 거라고는 노형진도 예상하지 못했다.

"아마도 이미성숙이 정계에 진출하고 싶어 하는 걸 알고 적극적으로 나선 것일 가능성이 높습니다. 이화미의 기록을 보면 그녀 역시 몇 번 정계 진출을 노렸습니다만 실패한 걸로 나오네요."

"젠장, 모전여전이라는 건가?"

물론 성공한다면 그들은 확실하게 자리매김할 수 있다.

실제로도 그들의 계획이 정확하게 먹혀들고 있었다.

이미성숙의 경우, 벌써 언론을 통해 여성운동의 대표 주자로 얼굴을 알리고 있다. 여성운동이 정치적으로 변하고 있음에도 불구하고 제대로 된 여성운동가가 없는 상황이라 그녀의 입지가 빠르게 커지고 있는 것이다.

그런데 그게 다 계획이었다니.

"끄응…… 어찌해야 할까요?"

"일단은…… 아무래도 사건을 확실하게 못을 박는 게 우선이겠지요."

"못을 박는다?"

"서정훈 교수님의 사건의 증인으로 출석시키면 분명 관련 증거를 폐기할 겁니다. 당연히 그 증거를 모두 없애기 전에 확보해야겠지요."

"흠……."

"그리고 이게 사실이라면 방법이 있을지도 모르겠습니다."

"방법이 있다?"

"네, 물론 가능성은 낮지만요."

노형진은 탁자를 톡톡 두들기면서 입맛을 다셨다.

⚖

"누구로 하시겠어요?"

확실한 증거를 모으기 위해 무태식과 민시아는 다시 그곳으로 들어갔다.

"누가 있는데요?"

"여러 분들이 있죠. 그런데 남편분의 얼굴을 보니 후대를 위해서는 미남 계열 남자 배우가 좋다고 생각하네요."

'아놔, 콱!'

안 그래도 범인처럼 보인다는 얘기를 여러 번 들은 적이 있는 무태식은 얼굴을 찌푸렸다.

"뭐, 그런 소리를 많이 듣죠. 호호호호."

그걸 아주 잘 알고 있는 민시아는 웃으면서 대답했다.

"그래서 어떤 사람으로 원하세요?"

"잘생긴 사람이 좋겠네요. 역시 잘생겨야 뭐든 하지 않겠어요?"

"차라리 공부를 잘하는 쪽이……."

"공부는 내가 잘하니까 괜찮아. 잘생긴 사람으로 해 주세요."

아주 천연덕스럽게 구는 민시아.

무태식은 졸지에 멍청하고 도둑놈처럼 생긴 남자가 되어

버렸지만 아무 말도 할 수가 없었다. 하지만 실제로 문제가 있는 남자는 약자에 속한다는 것을 알기에 이화미 원장은 그걸 어색하게 여기지 않았다.

"그럼 이런 분들은 어때요?"

사진첩을 꺼내 오는 이화미. 그리고 그걸 본 민시아는 무척이나 놀랐다.

"정한건이잖아요?"

"네."

"이 사람도 돼요?"

"되고말고요. 텔레비전에서 봐서 아시죠, 그 따님이 얼마나 예쁘게 생겼는지? 우리 병원에서 얻어 가신 거랍니다. 어머님 유전자와 합하면 더 예쁜 사람이 나올 것 같네요. 아내분보다 어머님이 더 예쁘세요."

"그래요?"

그걸 보면서 무태식은 어이가 없었다. 정한건이 누군가? 한국의 미남 배우 중 한 명으로 사극에서 주로 활동하는 배우다. 선이 굵어서 꽃미남 같은 스타일은 아니지만 남자답게 생겨 미남상이다. 게다가 요즘 한창 잘나가는 배우이기도 하다.

"어떠세요?"

"음."

민시아는 페이지를 넘기면서 이런저런 사람을 살펴봤다. 거기에는 연예인부터 공직자, 판검사, 교수, 운동선수까지

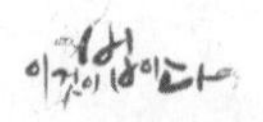

많은 사람들의 사진이 있었다.

'이게 가능한가?'

그걸 보면서 민시아는 고개를 갸웃했다. 아무리 그래도 이렇게 많은 사람들이 여기서 진료받은 것 같지는 않았다.

"이분으로 할까요?"

민시아가 고른 사람은 잘나가는 연예인이었다. 정한건이 남자답다면 민시아가 선택한 윤석진은 꽃미남에 가까운 사람이었다. 아주 잘나가는 사람인 건 마찬가지지만.

'그래도 확실하게 하는 게 좋겠지.'

민시아가 그를 고른 이유는 그에게 쌍둥이 딸이 있기 때문이다. 그렇다면 시술받았을 가능성이 높다.

"오호호, 그럼 시술 날짜는 어떻게 할까요?"

"시술 날짜는 다음 주로 하죠. 그때가 가임기니까."

"그럴까요?"

"네."

약속을 잡으면서 무태식은 품에 있는 녹음기를 만지작거렸다.

⚖

"이게 가능할까요?"

"불가능할 겁니다."

노형진은 그들이 녹음해 온 기록을 들으면서 혀를 끌끌 찼다.

"상식적으로 이런 사람들이 죄다 유전자를 기증할 리가 없죠. 죄다 시술받았을 리도 없고요. 쌍둥이 아빠를 선택한 건 잘하신 것 같네요."

"그럼 이 사람들은 뭐죠?"

"미끼일 겁니다."

"미끼?"

"정자 기증자에게만 사기를 치라는 법은 없으니까요."

그 말에 민시아는 자신도 모르게 부르르 떨었다.

"그럼 이화미가 받는 사람에게도 사기를 친다는 건가요?"

"네, 특히나 외모가 아니라 머리가 좋은 사람을 뽑은 거라면 더욱 쉽지요. 외모가 두드러지지 않으니까요."

"이런 미친……."

"하여간 이 정도면 될 것 같군요."

노형진은 고개를 끄덕거렸다.

"시술은 안 받아도 되는 건가요?"

"네."

"다행이다."

불임 시술은 힘들다. 그리고 멀쩡한 민 변호사가 난자 채취를 받을 이유도 없다. 이 정도면 충분히 증거로 써먹을 수 있다.

"물론 받을 이유는 없지만 그래도 현장에는 가야 합니다.

그 후에 경찰이 들이닥쳐야지요."

"흠, 경찰이 그렇게 움직여 줄까요?"

"움직이게 하면 됩니다. 우리에게는 믿음직스러운 아군이 있지 않습니까?"

"아!"

노형진이 누굴 생각하는지 알아챈 무태식은 탄성을 질렀다.

"확실히 그라면 확실하지요."

김성식이라면 충분히 경찰을 움직일 수 있다. 더군다나 이런 명확한 증거가 있으니 더더욱 말이다.

"아마 피해자 중에는 김성식 씨의 주변 인물도 있을 수도 있죠."

"흠……."

"이번 사건은 아마 엄청나게 시끄러울 겁니다."

그럴수록 자신들에게는 좋다. 억울하다는 걸 더욱 증명하기 쉬워지니까.

"일단 전화를 해 봐야겠네요."

노형진은 바로 전화를 들었다. 이제 사건을 마무리할 시간이 된 것이다.

⚖

"미친놈 아닙니까?"

병원에서 좀 떨어진 승합차. 그 안에 있는 사람들 중 이번 사건을 지휘하게 된 강승범은 혀를 끌끌 찼다.

“미친놈이 아니라 미친년이지요.”

“하여간요.”

노형진의 대꾸에 강승범은 이해할 수가 없다는 얼굴이 되었다. 남의 정자 도둑질이라니, 세상에 이런 말도 안 되는 사건이 있을 거라고 누가 생각이나 했겠는가?

“수사 결과가 어떻게 나올지 모르지만 좋게 끝나기는 힘들겠네요.”

“그렇겠지요.”

그렇게 두 사람이 기다리는 사이, 드디어 시간이 되어 스피커를 통해 목소리가 흘러나왔다.

“모두 준비되었습니다. 정자도 준비되었구요.”

“그럼 난자 채취 후에 바로 시작하나요?”

“네, 그러니까 이쪽으로.”

안으로 들어가는 민시아와 무태식. 그걸 확인한 강승범은 무전기를 들고 바로 돌입을 명령했다.

“지금입니다. 돌입하세요.”

그 말에 주변에 마치 모르는 사람이나 경찰이 아닌 사람처럼 있던 경찰들이 우르를 몰려가 입구를 열어젖혔다.

“경찰입니다.”

“경찰?”

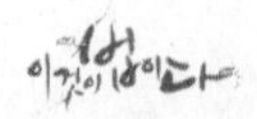

"경찰이 왜?"

고개를 갸웃하는 사람들. 노형진은 강승범과 함께 그 안으로 들어갔고 경찰들은 증거 훼손을 막기 위해 바로 현장에 대한 증거 수집을 시작했다.

"이게 무슨 일입니까?"

이화미 원장은 시술을 준비하다가 황급하게 뛰어왔다. 난데없이 경찰이 나타났다는 소식을 들은 것이다.

"경찰입니다. 이번 사건을 수사하기 위해 왔습니다."

"이번 사건? 무슨 소리예요? 여기에는 사건 같은 거 없어요!"

"그건 당신 이야기고, 여기 영장 있습니다."

강승범이 영장을 내밀자 그걸 받아 든 이화미 원장은 사색이 되었다.

"이건 말도 안 돼! 음모예요! 우리는 이런 짓을 한 적이……!"

그 순간 그의 뒤에서 들리는 목소리. 그런데 그 목소리는 다름 아닌 이화미 본인의 목소리였다.

"비용은 4천만 원입니다. 어쩌고저쩌고……."

깜짝 놀라서 고개를 돌리자, 거기에는 민시아와 무태식이 함께 서 있었다.

"이런 말을 한 적이 없다고요?"

그 말에 이화미 원장은 그대로 털썩 주저앉았다.

페미가 아니라 꼴페

사건은 걷잡을 수 없어 커졌다.

수년간 그렇게 음지에서 몰래 정자를 판매해 왔다는 것과 그 수익이 수억이라는 사실에 사람들은 깜짝 놀랐다. 그중에서 가장 놀란 사람은 다름 아닌 피해자였다.

“이게 말이 됩니까! 이럴 수는 없습니다! 믿음을 저버리는 행위입니다!”

비상도 이런 비상이 없었다. 정치인부터 연예인, 학자까지 생각지도 못한 자식들이 생겼기 때문이다. 특히 안국선이라는 남자는 자신이 모르는 아이만 일곱 명이 넘는다는 사실에 정신과 치료를 받을 정도였다. 그는 희대의 천재로 알려져 있었기에 인기도가 높았단다.

"좋은 기분은…… 아니군요."

서정훈 교수는 얼굴이 딱딱하게 굳어 있었다. 프린트해서 보는 두 개의 사진. 거기에는 아이 두 명의 모습이 있었다. 바로 그도 모르는 아들과 딸이었다.

"사건이 커지고 있습니다. 피해자만 벌써 백 명이 넘어갔습니다."

"그렇게 많이요?"

"피해를 입은 아버지들과 가짜 정자를 받은 사람들까지요."

아니나 다를까, 이화미는 남자만 속인 게 아니었다. 병원에 온 적도 없는 사람의 사진을 붙여 놓고 팔기까지 한 것이다. 그리고 그 사진 속의 인물을 선택하면 비슷하게 생긴 다른 사람을 주거나 지식 계층이라며 똑똑한 사람의 정자를 주었다. 서정훈 교수의 경우 역시 누군가 그를 지명한 건 아니었지만 다른 사람을 선택한 것을 임의로 서정훈 교수의 정자를 사용한 것이었다.

"일이 너무 커진 거 아닌지 모르겠네요."

"일이 커져야 합니다. 그래야 확실하게 끝낼 수 있습니다. 그리고 전에 말씀드렸다시피 이 정자를 준 것은 이화미 원장일 가능성이 높습니다."

이미성숙이 딸이긴 하지만 생물학을 전공한 건 아니다. 그녀가 무단으로 꺼낼 수 있는 것은 더더욱 아니고 말이다. 결과적으로 이화미가 주지 않았다면 그걸 얻는 건 불가능하다는 뜻이다.

"일단은 저들의 정자에 대해서는 확실한 반증을 얻었습니다. 남은 건 이제 공사에 대해서인데요."

아무리 이미성숙의 눈이 뒤집혔다 해도 무단으로 도로를 막지는 않았을 것이다. 그렇다면 공사가 있었다는 게 된다. 문제는 그게 도로를 관리하는 곳에 신고되어 있지 않다는 것.

"그건 어떻게 찾을 생각인가?"

"그 부분은 걱정하지 마세요. 제가 어렵지 않게 찾을 수 있으니까요."

노형진은 자신이 있었다.

⚖

"이곳이 그 현장이란 말이지?"

노형진이 도착한 곳은 공사가 있었다고 서정훈 교수가 직접 말해 준 곳이다.

"겉으로 보기에는 멀쩡하단 말이야."

새로 도로포장을 한 것도, 보도블록이 새로 깔린 것도 아니다.

"실례합니다."

노형진은 주변을 찾아다니면서 몇 번이나 질문했지만 공사가 있다는 답변은 듣지 못했다. 결과적으로 공사가 있다는 것은 서정훈 교수가 뭔가 잘못 알았거나 거짓말을 했다는 뜻인데 그가 거짓말할 이유는 없다.

"그럼 뭔가 잘못 알았다는 건데."

노형진은 그 공사가 있던 자리에 서서 한참을 주변을 물끄러미 바라보았다. 그 순간 노형진의 눈에 들어온 것은 맨홀 뚜껑이었다.

"어?"

맨홀 뚜껑. 그건 도로 한복판에 있었고 누구도 신경 쓰지 않았다. 노형진이 그 맨홀 뚜껑으로 다가가자, 여기저기서 욕설이 들렸다.

"야, 이 미친 새끼야!"

"죽으려고 환장했어?"

"죄송합니다."

사과하며 뚜껑이 있는 곳으로 다가간 노형진은 확신할 수 있었다.

"역시."

맨홀은 오랜 기간 그 자리에 있다 보니 흙먼지가 잔뜩 끼기 마련이었다. 그런데 이 맨홀은 흙먼지가 빠진 상태. 즉, 최근에 한번 열렸다는 뜻이다.

"야, 인마!"

운전기사들이 지랄하든 말든 맨홀 뚜껑에 손을 대고 기억을 읽은 노형진은 금세 자리에서 미소를 지으며 일어났다.

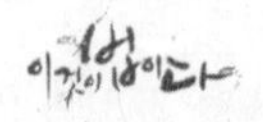

"역시."

공사는 아니었다. 하지만 정기 맨홀 점검이 있었다. 시간이라고 해 봐야 30분 정도밖에 안 걸리기에 따로 도로공사에 알려 주지도 않았을 게 뻔한 일. 단순히 소형 감시 로봇을 보내서 내부를 확인하는 것이니까.

"하지만 그 정체는 오래가지."

정체라는 게 그렇다. 30분 검사라 해도 준비하고 철수하는 데에 못해도 한 시간은 걸리니 교통 체증이 바로 해결되지 않는다. 결과적으로 서정훈 교수는 검사를 위해 막아 둔 접근 금지 표지판과 막히는 도로를 보고 공사라고 생각한 것이다.

"모든 비밀이 풀렸다."

노형진은 미소를 지었다. 이제 남은 것은 역습뿐이다.

⚖

"개정합니다."

드디어 시작된 재판.

지난번에는 노형진이 방어만 했다지만 이번에는 달랐다. 모든 증거가 확실하게 나왔기 때문이다.

"친애하는 재판장님, 지난번 증거에서 보다시피 피고인 측이 주장하는 공사 내역은 없습니다. 그뿐만 아니라 현장에서 찍어 온 이 사진처럼 어떠한 공사의 흔적도 없습니다. 또

한 주변 주민들의 증언에 따르면…….”

검사 역시 그냥 놀고 있는 건 아니었는지 공사가 없다는 완벽한 증거를 가지고 왔다.

‘다른 사람이었다면 그대로 당할 뻔했어.’

노형진은 제법 능력 있는 검사인 그가 아까웠다. 물론 그가 검사의 길을 선택한 것에 대해 뭐라고 할 수는 없지만 말이다.

“그 부분에 대해 피고인 측은 충분히 반박할 만한 증거를 가지고 왔습니다. 일단 기존에 주장했던 것과 달리 공사가 없었다는 것을 인정합니다.”

그 말에 승리의 미소를 희미하게 보이는 검사. 하지만 노형진은 그 미소를 길게 유지할 생각이 없었다.

“하지만 점검이 있었다는 것은 확인하였습니다.”

“점검?”

아마도 그 부분까지 확인하지 못했는지 검사 측도 당황한 듯 보였다.

“당일 밤 10시부터 11시경까지 해당 지역에서 우수관을 점검했습니다. 이는 관리 사무소 측을 통해 확인한 사항입니다. 이를 을제 6호증으로 제출합니다.”

노형진이 그곳에서 받아 온 서류를 제출하자 그걸 받은 검사는 떨떠름한 표정이 되었다.

“그 시간에 무슨 관리를 한다는 겁니까?”

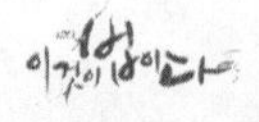

"그 시간이니 관리하는 겁니다. 검찰 측에서 제출한 증거에서 보다시피 관리 대상이 되는 우수관으로 들어가는 맨홀은 도로 한복판에 자리 잡고 있습니다. 그 때문에 네 개 차로들 중 두 개 차로들을 막고 공사해야 합니다. 당연히 낮에 하면 극심한 정체가 발생할 수밖에 없습니다. 그나마 밤에는 차량 통행이 적어 이러한 우수관 검사는 야간을 이용해서 하는 것이 보통입니다."

"하지만 지역 주민들은 그걸 모른다고……."

분명 검사도 지역 주민들에게 물어봤을 것이다. 그리고 노형진 역시 그 부분은 확인했다. 하지만 그건 당연한 일이었다.

"이 사진을 봐 주시기 바랍니다. 어젯밤 9시 30분경에 찍은 사진입니다. 이 지역의 도로변에는 작은 가게들이 몰려 있지만 보다시피 주요 상권이 아닌지라 밤 9시 30분경에는 대부분 영업을 종료합니다. 그런데 점검은 그 뒤에 이루어지기에 주민들이 알 수 없는 겁니다. 일반적으로 공사란 최소 사흘은 해야 하는 것입니다. 하지만 그날 점검은 약 한 시간 반 동안 이루어졌으며 그 후 정상적인 소통이 이루어졌습니다. 이를 본 사람은 해당 지역 편의점의 아르바이트생으로 그의 서면 증언을 추가로 제출합니다."

다행히 근처에 있던 편의점에서 근무하던 한 아르바이트생이 점검하는 것을 봤다고 한다. 그것도 야간 근무자와 교대하고 돌아가는 와중에 우연히 봤다고 하니 다른 사람이 볼 가능성은 거의 없다고 봐야 할 것이다.

"시간의 흐름상 피고인이 해당 지역에 들어가는 시간은 대략 10시 20분경, 즉 한창 정체 중인 상황입니다. 그 상황에서 도로의 일부를 막고 점검하는 행위는 일반적으로 공사하는 행위와 비슷해 보일 수밖에 없습니다."

이번 사건의 가장 큰 문제점 중 하나인 시간이 맞지 않는 문제는 해결되었다. 하지만 여전히 다른 문제가 남아 있었다. 사실 있을 수밖에 없었다.

"그래도 여전히 정액은 남아 있습니다. 그 정액은 피고인이 피해자를 강간했다는 가장 확실한 증거입니다."

확실히 일반적인 강간 사건에서 정액은 돌이킬 수 없을 정도로 확실한 증거가 된다. 이번 사건도 마찬가지이고 말이다. 하지만 노형진의 수사 덕분에 상황이 바뀐 상황.

"그 부분에 대해서는 현재 수사 중에 있습니다만 피고인인 서정훈 교수가 불임 치료 과정에서 채취한 정액으로 추정됩니다."

"추정?"

"서정훈 교수는 불임 치료를 위해 몇 년 전 다량의 정액을 채취하였고, 이는 새탄생여성병원이라는 곳에서 보관하고 있었습니다. 그리고 얼마 전 해당 병원에서 불임 시술을 받은 환자들의 정자 중 일부를 비싼 가격에 다른 불임 부부에게 판매하여 수사 중에 있습니다."

그 말에 검사는 코웃음을 쳤다. 그 또한 그 뉴스에 대해서는 알고 있지만 이 사건과는 접점이 없었다.

"그건 추론일 뿐입니다. 일단 새탄생여성병원에서 불임치료를 받은 것을 인정할 수 있다 해도 그걸 피해자에게 전달할 방법이 없지 않습니까? 그리고 그렇게 갔다는 것을 증명할 명확한 증거도 없습니다."

검사의 말에 노형진은 새로운 검사지를 꺼내 들었다.

"증거가 있습니다."

"증거가 있다고요?"

판사의 반문에 노형진은 그걸 내밀었다.

"일반적으로 강간 사건에서 우선되는 검사는 유전자 검사입니다. 즉, 정자가 어느 사람의 정자인지 확인하는 데에 사용되는 겁니다. 그래서 저희가 국과수에 문의하여 일부 샘플을 추가적인 검사를 하여 이번 검사 결과를 받아 냈습니다."

해당 검사지를 제출하는 노형진. 그걸 받아 든 검사와 판사는 고개를 갸웃했다.

"부동액?"

"이게 뭡니까?"

부동액은 보통 자동차에 많이 들어가는 것이다. 그리고 이들 역시 부동액을 자동차용품으로 알고 있었다.

"그 부동액은 차량용 부동액이 아닙니다."

노형진은 그런 그들의 착각을 바로잡아 줬다.

"부동액이란 말 그대로 어는 것을 방지하는 액체입니다. 일반적으로 차량에 많이 쓰여 차량용품으로 많이들 알고 있지만, 사실 단어의 의미대로 얼어서는 안 되는 경우에도 많이 사용됩니다. 물론 용도에 따라 성분이 다르긴 하나 효과는 똑같습니다."

"정자와 부동액이 무슨 관계가 있다는 겁니까?"

노형진은 한 장의 팸플릿을 보여 줬다.

"이건 이번 사건의 중심에 있는 새탄생여성병원의 홍보용 팸플릿입니다. 이 페이지에 보면 채취한 정자의 처리 과정이 있습니다. 그리고 여기에 보시면……."

노형진은 그 팸플릿을 열어서 분홍색의 네임펜으로 표시된 부분을 그들에게 보여 줬다.

"보다시피 정자에 냉동 처리 과정이 그려져 있습니다. 일부를 읽어 보겠습니다. '채취된 정자는 활동성 검사와 질병 검사 등을 거치고 난 후 액화 질소에 냉동되어 보관됩니다.' 라고 되어 있습니다."

"그래서요?"

"중학교 때 배우는 세포에 관한 내용 중 하나를 읽어 드리겠습니다. 일반적인 세포는 냉동될 때 그 세포 내부의 수분이 응결하면서 날카로운 형태가 되어 세포벽을 파괴한다. 그렇기 때문에 냉동된 세포가 살아가는 것이 극히 어려워 냉동 인간을 만드는 데에 있어 가장 큰 문제점 중 하나가 지적되고 있다."

"응?"

그 말을 들은 사람들 역시 기억나는지 고개를 끄덕거렸다. 그게 무슨 뜻인지 금방 깨달은 것이다.

"즉, 정자를 보관하기 위해 액체질소에 넣는 경우 해당 정자는 전부 소멸하게 됩니다. 그걸 막기 위해 해당 정자에 생체용 부동액을 넣어 그 동결을 방지해 폐기를 막습니다."

"아!"

부동액의 존재가 드러나면서 상황이 반전되기 시작했다. 상식적으로 강간을 통해 묻은 정액이라면 부동액이 그 안에 있을 이유가 없다.

"크흠……."

검사는 자신도 모르게 신음성을 흘렸다. 설마 부동액이라는 게 정자에도 쓰인다고는 생각도 못 했던 것이다.

"즉, 검찰 측이 제출한 정자는 최소한 1회 이상 냉동 질소를 이용하여 냉각된 정자입니다."

판사는 그 말에 검사를 바라보았다. 마치 그것도 확인하지 않았느냐는 시선이었다. 물론 검사의 잘못은 아니다. 세상에 누가 강간 사건에서 부동액 성분 검사를 의뢰하겠는가?

"하지만 그렇다고 해도 해당 정자가 어떻게 피고 측에 넘어갔는지 입증할 수가 없지 않습니까?"

애써 책임을 회피하는 검사.

노형진은 그걸 듣고 주변을 둘러보았다. 그리고 한구석에서 얼굴이 딱딱하게 굳어 가고 있는 한 사람을 발견하고는 미소를 지었다.

"재판장님, 이 사건과 관련하여 갑작스럽지만 증인을 부르고자 합니다. 허락해 주십시오."

"증인?"

"저기 앉아 있는 경선대학교의 이미성숙 여학생회 회장입니다."

그 말에 이미성숙은 깜짝 놀라서 도망갈 듯 자리에서 일어났지만 주변의 시선이 모두 그곳으로 쏠려 있어서 도망갈 수가 없었다.

"예정에 없던 증인 신청인데 꼭 필요합니까?"

"합니다."

"그렇다면 인정하겠습니다. 방청석에 있는 증인, 앞으로 나오세요."

"……."

"나오세요."

그 말에 어쩔 수 없이 앞으로 나오는 이미성숙.

그녀는 증인석에 앉았고 그녀는 증인 선서를 할 수밖에 없었다.

"본 증인은 양심에 따라 숨김과 보탬이 없이……."

증인 선서를 하던 그녀의 목소리를 듣던 노형진은 고개를 번쩍 들었다.

'이 목소리다!'

기억을 읽을 때 들었던 목소리. 분명 그 목소리였다.

'하지만 텔레비전에서는 다르게 들렸는데…… 아!'

텔레비전은 송출을 위해 아무래도 일부 목소리의 주파수를 변조해서 보낸다. 그러다 보니 똑같지 않을 수도 있다. 하지만 이건 아니다. 그때도, 지금도 바로 귀로 듣고 있는 상황.

'그 당시 있던 게 너였던 거냐?'

그렇다면 애초에 구진미가 사건을 조작했다는 가장 큰 증거가 나온 셈이다. 물론 다른 사람들은 아직 모르겠지만.

'이건 증명해 내야 한다.'

노형진은 심호흡하고 앞으로 나왔다.

"증인, 증인은 현재 경선대학교 총여학생회 회장을 맡고 있지요? 맞습니까?"

"맞습니다."

"그리고 이번에 피고인 측을 퇴출시키기 위한 운동을 하고 있지요? 그것도 맞습니까?"

"맞습니다."

"왜 그런 겁니까?"

"신성한 학교에 강간범을 다니게 할 수는 없기 때문입니다. 우리 경선대학교의 학생의 80%는 여자입니다. 그런 곳에 강간범을 풀어 놓는 것이 얼마나 위험한 짓인지 알고 계십니까?"

상당히 공격적으로 나오는 이미성숙. 그걸 보고 노형진은 뭔가 감추고 싶어 한다는 걸 알아차렸다. 그렇지 않다면 이렇게 공격적으로 나올 이유가 없다.

"질문은 제가 합니다. 답변만 하세요."

"그런 게 어디 있습니까? 이건 언론 탄압입니다! 이런 식으로는 증언하지 못합니다."

"여기는 증언석입니다. 여기서 증언하라고 했지, 언제 기사 발표하라고 했습니까? 그리고 증인은 언론인도 아니잖습니까? 그런데 왜 여기서 언론 탄압 주장을 합니까? 증인, 증언만 하세요! 증언만! 아까 선서한 거, 기억 못 합니까?"

더욱 공격적으로 나가자 꼬리를 마는 이미성숙. 판사도 그런 그녀가 고깝게 보였다. 선서까지 해 놓고 자기 마음에 안 든다고 못 하겠다니.

"증인은 선서까지 하지 않았습니까? 증언하지 않겠다면 위증과 법정 모욕으로 체포하겠습니다."

"……."

처벌받을 수도 있다는 말이 나오자 더욱 움츠러드는 이미성숙.

노형진은 그녀에게 천천히 질문을 계속했다.

"증인, 증인의 이름이 미성숙 아닙니까?"

"아닙니다. 이미성숙입니다."

"주민 번호상 미성숙으로 되어 있는데요?"

"그건 여성 차별이라고 생각합니다. 그래서 어머니의 성을 함께 사용합니다."

"그러니까 미성숙 씨는……."

"이미성숙이라고 불러 주십시오."

끝까지 이미성숙이라고 우기는 그녀를 보면서 노형진은 혀를 끌끌 찼다.

'이름만 성숙이면 뭐해? 완전히 미성숙한 초딩이나 마찬가지인데.'

하여간 제대로 된 페미니즘에 대한 지식이나 신념도 없이 피해 의식과 고집만으로 활동하는 사람들은 골칫덩어리다.

"뭐, 일단 그렇게 불러 달라고 하니 그렇게 부르지요, 이미성숙 양, 그럼 이 씨가 어머니의 성이라는 건데 어머니의 성함이 어떻게 되십니까?"

"이화미입니다."

"직업은요?"

"산부인과 의사입니다."

"그렇군요. 그런데 이화미라고 하면 최근에 이슈가 되고 있는 이름인데 새탄생여성병원과 무슨 관련이 있습니까?"

"……."

대번에 입을 꾸욱 다무는 이미성숙. 자신이 걸렸다는 걸 직감적으로 느낀 것이리라. 하지만 이미 상황은 바뀐 지 오래였고 브레이크를 걸 틈도 없이 달려가고 있었다.

"다시 한 번 묻겠습니다. 새탄생여성병원과 어머니는 무슨 관계가 있습니까?"

"그……."

당황함에 말을 못 하는 이미성숙.

노형진은 그냥 대놓고 물어보기로 했다. 보아하니 감옥에 가면 갔지, 대답할 것 같지가 않았던 것이다.

"원장 아닙니까?"

"맞습니다."

"그리고 새탄생여성병원은 분명 피고인인 서정훈 씨가 자신의 냉동 정자를 보관한 곳으로 알고 있는데요? 아닙니까?"

"……!"

생각지도 못한 관계가 드러나자 술렁거리는 검사와 기자들.

"그건……."

"대답해 주십시오."

"잘 모르겠습니다."

결국 어물쩍 넘어가는 이미성숙. 하지만 노형진은 이미 관련 증거를 가지고 온 상황이라 벗어날 방법은 없었다.

"재판장님, 두 가지 서류를 증거로 제출합니다. 하나는 을제 7호증으로 피고인인 서정훈의 새탄생여성병원 지불 내역서와 진료 기록이며, 다른 하나는 을제 8호증으로 새탄생여성병원에서 사용하는 부동액과 피고의 정액에서 발견된 부동액의 비교 분석표입니다. 보다시피 같은 성분으로 드러나고 있습니다."

"응?"

"이게 무슨 소리야?"

듣고 있던 기자들은 난데없이 이미성숙이 증인으로 나와서 이상하다고 생각했다. 그녀는 제3자로서 기껏해야 엄벌을 요구하는 것뿐이지, 사건 자체와는 상관이 없기 때문이다.

"그리고 이미성숙 씨와 구진미 씨는 고등학교 때부터 같은 학교를 다닌 것으로 알고 있는데 아닌가요?"

"맞습니다."

"그럼 전부터 알고 있었다는 것이네요."

"잘 아는 사이는 아닙니다."

"그래요? 하지만 졸업 앨범은 다른 이야기를 하던데요?"

"졸업 앨범?"

노형진은 인터넷에 수소문해서 가지고 온 사진을 꺼내 들었다.

"두 분이 졸업할 당시에 졸업 앨범입니다. 해당 학교 졸업자에게 부탁해서 사본을 가지고 왔습니다. 그런데 보니까 고등학교 3년 중 2년 동안 같은 반이었는데 잘 모른다고요?"

"가…… 같은 학교라고 해도 친하지 않을 수도 있지 않습니까?"

애써 변명하는 두 사람. 물론 맞는 말이다. 수십 명이 다

친하게 지낼 수는 없으니까.

"그러기는 하지요. 그럼 이 증거는 어떻게 생각합니까?"

노형진이 내놓은 것은 얇은 책자였다.

"학교에서 내놓는 문집입니다. 그런데 여기에 보면 미래를 위한 꿈이라는 이름으로 글이 올라와 있는데 구진미 씨와 미성숙 씨의 합동 작품으로 되어 있네요. 이미성숙 씨, 이때는 미성숙으로 불리지 않았습니까?"

"……!"

설마 문집까지 구할 거라고는 예상하지 못했던 이미성숙은 바들바들 떨기 시작했다.

"같이 글도 쓰는 사이의 사람들이 서로 모른다. 이해하기 힘들군요."

"……."

검사는 뭔가 이상하다는 걸 알고는 이미성숙을 노려보았다. 일하는 내내 와서 강하게 처벌해야 한다며 언론 플레이를 하고 자기에게 쉴 새 없이 면담 신청을 하던 여자였다. 그런데 실제로는 사건 당사자와 필요 이상으로 밀접한 관계를 가지고 있었다.

"또 하나 묻겠습니다."

"뭐…… 뭔가요?"

"사건 당일에 어디 있었습니까?"

"네?"

"사건 당일에 어디 있었느냔 말입니다."

"그거야……."

"현장에 있던 거 아닙니까?"

"아닙니다."

그녀는 부정했다. 하지만 노형진은 이쯤에서 한번 제대로 찔러봐야겠다는 생각이 들었다.

"이미성숙 씨의 차량이 아우디 B7 아닙니까?"

"맞습니다."

"그런데 그날 그 차량에 타고 가는 걸 본 사람이 있는데요? 그곳에서 이미성숙 씨와 구진미 씨가 함께 산에서 내려오는 걸 본 사람이 있습니다. 다시 한 번 묻겠습니다. 아침 6시경에 어디에 있었습니까?"

"……."

이미성숙은 말을 못 하고 바들바들 떨기 시작했다.

"그리고 이상한 건 또 있습니다. 고소인 구진미 씨는 사건 다음 날 아침 9시 30분경에 강간 신고를 했고 이틀 뒤에 증거라면서 피고인의 증거를 제출했습니다. 맞지요?"

"그, 그렇습니다."

"그런데 왜 강간 신고를 한 그날에 제출하지 않았습니까? 일반적으로는 바로 하지 않나요? 그리고 왜 첫날부터 피해자와 함께 붙어 다녔지요?"

"그건…… 제대로 경황이 없어서……. 그리고 심적으로

불안해해서 위로차 그렇게 한 겁니다."

"참 대단하군요. 얼마나 위로를 잘했으면 강간당한 여자가 무려 이틀이나 씻지 않고 있다가 다음 날 질 내부의 정액을 채취하여 증거로 내놓습니까? 제가 아는 상식하고는 좀 다르군요. 강간 피해자는 보통 강박적으로 몸을 씻는 걸로 알고 있는데요."

"……."

"마지막으로 피해자가 증거를 채취했다고 한 병원이 새탄생여성병원입니다. 주변에 수많은 병원이 있는 걸로 알고 있습니다. 그런데 왜 굳이 멀리 있는 새탄생여성병원으로 갔습니까?"

"……."

이미성숙은 대답하지 못했다. 어떻게 한단 말인가? 사방에 모든 것이 까발려졌는데.

"이상입니다."

노형진이 질문을 마치고 물러나자 검사도, 판사도, 방청석의 기자들도 입을 쩍 벌리고 이미성숙을 바라보았다.

"음……."

말하지 못하는 그녀를 보면서 검사는 함정이 있다는 사실을 알아챘고 애써 자리에서 일어났다.

"재판장님, 사건의 조사를 원점에서 하고 싶습니다. 기일을 변경해 주시기 바랍니다."

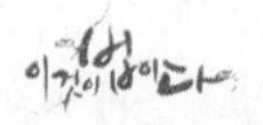

검사가 이미성숙을 노려보면서 말하자 재판장은 고개를 끄덕였다.

"기일을 변경하겠습니다. 기일은 추후 지정하도록 하겠습니다."

그 말에 이미성숙은 자신도 모르게 고개를 푹 숙였다.

⚖

"무죄."

"나이스!"

며칠 뒤 다시 시작된 재판에서 당연하게도 무죄가 나왔고 노형진은 두 주먹을 불끈 쥐었다.

"고맙네!"

서정훈은 노형진의 손을 잡고 눈물을 뚝뚝 흘렸다. 얼마나 마음고생이 심했던가? 그런데 드디어 무죄가 나와 자유의 몸이 된 것이다.

"역시 대단해요."

맨 처음 사건을 담당했던 이은영 변호사는 손뼉을 칠 수밖에 없었다.

도무지 해결책이 보이지 않는 사건이었다. 정자가 있고 사건 기록도 확실하지 않았고 여론은 적이었다. 그런데 한 방에 모든 것이 뒤집혔다.

조사 결과, 정자는 한번 질소로 냉동된, 불임 치료 때 쓰이던 정자라는 사실을 알아냈고, 공사가 아닌 단순 점검임에도 교통 체증을 유발하는 것이 가능하다는 걸로 시간적 오류를 맞혔으며, 심지어 누구도 예상하지 못했던 정자 밀매를 잡아냄으로써 대한민국과 여론을 한 번에 뒤집었다.

"뭐, 잘 보면 보이는 겁니다."

차마 기억을 읽었다는 말을 할 수 없었던 노형진은 그렇게 말할 수밖에 없었다.

"그나저나 교수님은 이제 어쩌실 생각입니까?"

"그만둘 걸세."

"네?"

"자네 말대로 내 억울함이 해소되었으니 그곳에 있을 이유가 없지. 그곳은 쳐다보기도 싫네."

하긴 당연한 일이다. 그가 억울하다고 말해도 여학생들은 말을 듣지도 않고 강간범 취급을 했다. 그런 그들을 과연 제자로 대하면서 가르칠 수 있을까?

게다가 학교에서도 제대로 수사하기도 전에 그를 욕했다. 사회적 여론이 있으니 징계 조사를 하는 건 이해할 수 있지만 그 현장에 그를 부르지도 않았다. 즉, 그를 아예 내치려고 결정했던 것이다.

"그럼 어디로 가실 겁니까?"

"모르겠네. 하여간 나뿐만 아니라 다른 남자 교수들도 심

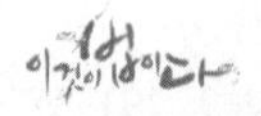

각하게 고민하고 있더군. 나만 비슷한 일을 당하라는 법은 없으니까. 솔직히 경선대학교는 완전히 여자판 아닌가? 안 그래도 남자라는 이유로 무조건 불이익을 주는 판국에 이런 일까지 벌어졌으니 누가 있으려고 하겠는가?"

그 말에 노형진은 순간 좋은 아이디어가 떠올랐다. 안 그래도 백민대학교에서 이 문제로 고민하고 있다고 들었기 때문이다.

"혹시 다른 대학교로 가실 생각 있습니까?"

"다른 대학교?"

"네, 백민대학교에서 교수님들을 뽑고 있다고 하던데요."

"백민대학교에서?"

"네."

기억이 맞다면 경선대학교가 로스쿨이 된 가장 큰 이유 중 하나가 바로 빵빵한 교수진이었다.

'아마도 이 사건은 서정훈 교수가 처벌받는 걸로 끝났겠지.'

그렇다면 기존에 있던 교수들이 그만둘 이유가 없다.

하지만 서정훈 교수가 억울하게 누명을 쓴 걸 안 이상 기존 교수들이 학생들과 학교를 좋게 볼 수 있을 리 없다. 그것도 단순히 잘못 안 정도가 아닌 학생회장이라는 인간이 나서서 증거까지 조작해 가면서 없는 죄를 뒤집어씌웠으니 말이다.

게다가 솔직히 일이 이렇게 될 때까지 경선대학교가 몰랐을 것 같진 않다. 필요 이상으로 여학생회가 과도하게 리액

션을 취하는데 그걸 모른 척한 걸 보면.

'혜택을 보려고 했겠지.'

정의로운 모습을 보여 준다면 로스쿨 대학을 선발할 때 유리한 점수를 딸 수도 있을 테니 말이다.

하지만 노형진이 끼어들면서 사건은 전혀 엉뚱한 방향으로 흘러갔다. 득이 아닌 실로 말이다.

'우리라고 그걸 이용하지 말라는 법은 없지.'

저쪽에서 사건을 조작하다가 함정에 빠진 거니까.

"교수님도 경선대학교에서 교수님을 초청한 이유를 아시죠?"

"알지. 로스쿨 때문 아닌가?"

"그런데 이런 일이 벌어졌는데 과연 로스쿨이 될 수 있을까요?"

"흠……."

무리다. 학교 자체는 관련이 없지만 학생회장이 나서서 증거를 조작한 강간 사건을 벌였으니 이미지가 상당히 안 좋아질 수밖에 없다. 더군다나 선발하는 사람들은 대부분 법률 계열의 남성 종사자일 가능성이 높다.

"어차피 로스쿨이 안 되면 팽 당하실 겁니다."

"흠……."

"이참에 가능성이 높은 곳으로 가시지요. 제가 봐서는 백민대학교가 상당히 가능성이 높다고 생각되는데요."

"확실히…… 그렇군."

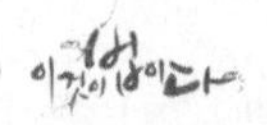

분명 로스쿨이 안 된다면 그들은 도움이 되지 않는 교수진이다. 그렇다면 내년이나 내후년에 계약되지 않을 수도 있다.

"이참에 다른 교수님들도 모시고 나오세요."

"다른 교수님들도?"

"네, 어차피 그분들도 기분이 좋지 않은 건 마찬가지일 테니까요. 그리고 그분들도 백수가 되고 싶은 생각은 없을 거 아닙니까?"

그 말에 서정훈 교수는 고개를 끄덕거렸다.

얼마 후, 경선대학교에서는 난리가 났다. 로스쿨 선발을 위해 뽑은 교수 중 70%가 그만둔 것이다. 실질적으로 남자 교수들은 죄다 그만둔 것이나 마찬가지인 상황.

"교수님!"

"아, 더 이상 말하기 싫네. 난 사표를 던졌으니까 교수님이라고 부르지도 말게."

학교 관계자들은 화들짝 놀라서 설득하러 다녔지만 그들은 들은 척도 하지 않았다. 그럴 이유가 없었다. 여자라는 이유만으로 무조건 편들어 준 덕분에 동료 교수 한 명이 강간범으로 몰려 인생이 완전히 망가질 뻔했다.

물론 법대 교수들답게 극히 일부 여자들은 자신이 불리할 때 성적인 요소를 미끼로 이용해서 협박하기도 한다는 것을 알고 있었다. 그럼에도 불구하고 온 것은 최소한 학교에서 공평하게 대해 줄 거라는 믿음이 있어서였다. 하지만 이번에 경선대학교에서 보여 준 모습은 그 믿음을 완전히 박살 내기에 충분했다.

부우웅!

멀어지는 교수들의 차를 보면서 총장은 얼굴을 찌푸렸다.

"어떻게 해야 할까요?"

"돌아올 것 같지는 않습니다. 최대한 빨리 새로운 교수들을 뽑아야 합니다."

"음……."

힘들여서 뽑은 최고의 교수진의 대부분이 한순간에 나가버리면서 로스쿨이 되는 일은 더욱 멀고 험난해졌다.

"할 수 없지요. 이제 와서 후회한들 어쩌겠습니까? 그만둔 사람들은 어쩔 수 없으니 그냥 새로 뽑도록 합시다."

총장의 말에 고개를 끄덕거리는 사람들. 그런데 그 와중에 한 남자가 손을 들었다.

"그런데 총여학생회는 어쩔 겁니까?"

"무슨 말씀이신지?"

"이번 사태가 벌어진 건 총여학생회에서 다 저지른 일 아닙니까? 어떤 식으로든 마무리 짓고 나가야 하는 거 아닙니까?"

경선대학교는 구조적으로 이상하게 되어 있다.

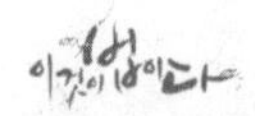

원래 여대였다가 어쩔 수 없이 일반 대학으로 바뀐 대학인지라 여자의 권력이 비정상적으로 강하다. 심지어 일반 대학임에도 선발의 80%를 여자로 뽑는 건 유명한 일.

학생회도 마찬가지라 보통 총학생회가 있고 그 아래 총여학생회가 따로 부서를 꾸리는 데에 반해 여기는 이론만 그럴 뿐, 총여학생회가 총학생회보다 권력도, 사람도, 심지어 예산도 많다.

"그 부분은 우리가 뭐라고 하겠습니까?"

"네?"

"어차피 재신임된 거, 우리로서는 할 말이 없습니다."

이미성숙이 무고로 고발되자 여론에서는 들고일어났고, 이미성숙과 김박선화는 학생들에게 총여학생회 회장단의 재신임을 물었다. 그런데 그 결과는 일반적인 사람들의 상상을 뛰어넘었다. 일반적인 사람들은 이런 일이 있었으니 당연히 재심임받지 못할 거라 생각했는데 무려 80%의 지지를 얻으면서 재신임받은 것이다. 애초에 그녀들에게 중요한 건 신념이나 상식이 아닌 여성이 우월하다는 의지였기 때문이다.

"최소한 이미성숙 학생의 퇴학 건은 생각해야 하는 거 아닙니까?"

무고죄로 고발당하기는 했지만 막대한 뇌물과 권력을 이용해 고작 벌금 400만 원으로 끝나 버려 이미성숙은 아무런 피해도 입지 않았다. 도리어 떵떵거리며 잘살면서 이것은 여성운동을 방해하는 남자들의 음모라고 떠들고 다녔다.

"안 됩니다."

"네?"

"안 된다고 했습니다. 재신임받은 이상 그들은 우리 사람입니다."

"그렇군요."

남자는 한숨을 푹 쉬더니 주머니에서 하얀 봉투를 꺼내 들었다.

"그게 뭡니까?"

"사직서입니다."

"사직서?"

그 말에 총장의 눈썹 끝이 파르르 떨렸다. 그리고 그를 기점으로 몇몇 남자 교수들이 자리에서 일어났다.

"지금 항명하는 겁니까?"

"항명이 아니라 개인적 사정으로 인해 그만두는 것뿐입니다."

"당신들!"

"더 이상 말하고 싶지 않군요."

남자 교수들은 이번 사태에서 느끼는 게 많았다. 안 그래도 툭하면 계약을 미끼로 무리한 요구를 하는 학교다. 더군다나 대놓고 여자 교수들만 선발하는 통에 자신들도 얼마 남지 않았다고 자조적으로 말하곤 했다. 그런 상황에서 이번 사건으로 믿음이 사라진 것이다.

"후회할 겁니다!"
"후회는 당신들이 하겠지요."
그렇게 사직서를 낸 사람들은 바깥으로 나왔다.

잠시 후 그들은 좀 떨어진 커피숍에서 노형진을 만나고 있었다.
"당신 말이 맞더군요."
"그렇지요?"
노형진은 이번 사태를 이용하여 경선대학교를 제대로 흔들어 보자는 생각에 몇몇 능력 있는 교수들에게 접근한 뒤 백민대학교에 이야기해서 그들을 초청하는 것을 추천했다. 안 그래도 교수진이 부족한 백민대학교는 이를 흔쾌하게 받아들였다.
"백민대학교에 가셔서 훌륭한 제자들을 많이 키워 주십시오."
"별말씀을요. 우리를 구해 준 것에 대해 우리가 감사해야지요."
그들은 그렇게 인사하고 떠났고 노형진은 우뚝 솟아 있는 경선대학교 정문의 조형물을 보면서 비웃음을 날렸다.
"페미니즘? 페미니즘 같은 소리 하고 자빠졌네. 페미니즘이 아니라 꼴페니즘이겠지, 후후후."

그렇게 능력 있는 사람들이 대거 그만둔 경선대학교는 급하게 교수진을 구하기 시작했다. 하지만 한두 명이 그만둔 게 아닌 데다가 남성 학자들이 거북스러워하기 시작한 것이 큰 문제가 되었다. 결국 여성 학자들 위주로 뽑기 시작했지만 충분한 학자들을 구할 수 없었고 그건 그들에게 큰 문제가 되어 갔다.

몇 년 후, 노형진은 생각지도 못한 형태로 이미성숙을 만나게 되었다. 아니, 이미성숙이 아니라 미성숙이라고 불러야 할지도 모른다. 어찌 되었건 자기소개를 이렇게 했으니 말이다.

"이런 일이 벌어질 거라고는 예상도 못 했는데?"

노형진은 인터넷에 올라온 사진을 보고 혀를 끌끌 찰 수밖에 없었다. 사진이라고 볼 수도 없다. 그 사진, 아니 그 표지에 붙어 있는 품번. 그건 일본의 속칭 노모라고 불리는 AV, 즉 포르노 표지였기 때문이다.

"노 변호사, 이런 거 좋아하나?"

"그게 아니라요. 이 뉴스 좀 보십시오."

노형진이 뉴스를 보여 주자 송정한은 혀를 끌끌 찰 수밖에 없었다.

"이 여자, 몇 년 전에 그 여자 아냐?"

“맞습니다. 이미성숙, 아니 미성숙이군요. 하여간…….”

“끌끌, 제대로 망가졌군.”

“그러게 말입니다.”

무고죄로 처벌받은 그녀는 말 그대로 버려졌다. 더 이상 가치가 없다고 생각한 정치권에서 그녀를 버린 것이다.

당장이라도 국회의원이 될 거라 생각하던 그녀로서는 당황스러운 일이었지만, 곧이어 두 번째 문제가 들이닥치기 시작했다. 피해 남성들과 가족들 그리고 가짜 정자를 받은 사람들이 이화미 일가를 고소했던 것이다.

그 금액이 엄청나다 보니 재산을 처분했음에도 터무니없이 부족했고, 몇몇 독한 부모들은 아이를 고아원에 버리기까지 했다. 그 결과, 그들 일가는 완전히 망해 버리고 말았다.

“이화미 원장은 퇴출당한 뒤에 부동산 쪽 일을 하고 있다는 소리는 들었지만.”

이화미 원장은 결국 의사 협회에서 퇴출당했을 뿐만 아니라 의사 면허도 박탈당했다. 그나마 호구지책으로 조그마한 부동산을 열었다고 하는데 그마저도 버는 돈의 대부분은 손해배상액으로 빼앗겨서 죽지 못해서 살고 있다는 소식을 들었다.

“이미성숙은 일본의 선진 여성 정책을 배우러 간다며 일본을 도피하더니 결론이 이거야?”

일본은 한국보다 여성에 대한 권한이 낮다. 그럼에도 불구하고 그녀는 선진 여성 정책을 배우겠다면서 일본으로 향했다. 물론 한국에서 뭘 할 수 없다는 사실에 도망간 것뿐이다.

"그러게 말입니다."

그래 놓고는 일본에서 한다는 것이 고작 포르노 촬영이라니.

"한때는 한국 여성운동의 미래라고 하더니 결말은 포르노 배우라……."

물론 말로는 성적 해방이야말로 여성의 해방이라고 하지만 실질적으로 돈일 게 뻔하다.

어찌 되었건 일본 포르노 배우는 제법 많이 번다. 더군다나 그들은 대한민국을 여전히 노예로 생각하고 있어 대한민국 여자가 찍은 포르노에 환장한다.

"그냥 놔두죠. 뭐, 우리가 구제해 줄 것도 아니고."

자기가 선택한 길이 포르노라면 그 길을 가게 두면 되는 것이다. 그 결말이 뻔하다 해도 말이다.

"원래 신념 없이 입만 산 놈들의 결말이야 뻔한 거 아닙니까?"

"그건 그렇지."

진짜 여성운동이 아닌 권력의 방법으로 여성운동을 하던 이미성숙은 그렇게 한국인 최초 일본 노모 포르노 배우라는 타이틀을 역사에 남기게 되었다.

다음 권으로 이어집니다

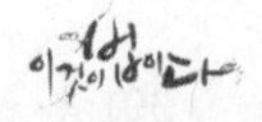

200평 초대형 24시 만화방

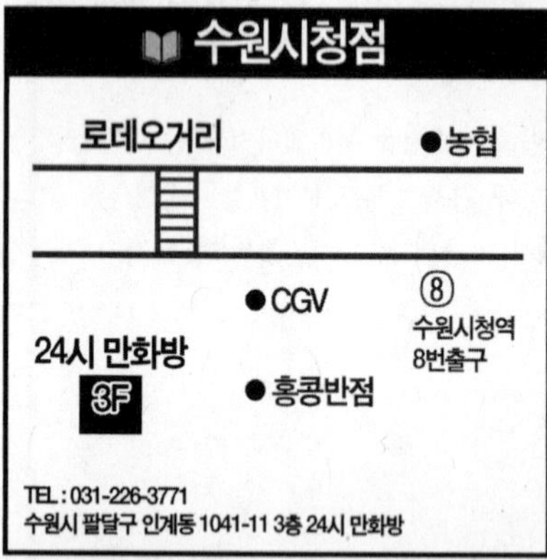
수원시청점
로데오거리
농협
CGV
⑧
수원시청역
8번출구
24시 만화방
3F
홍콩반점
TEL : 031-226-3771
수원시 팔달구 인계동 1041-11 3층 24시 만화방

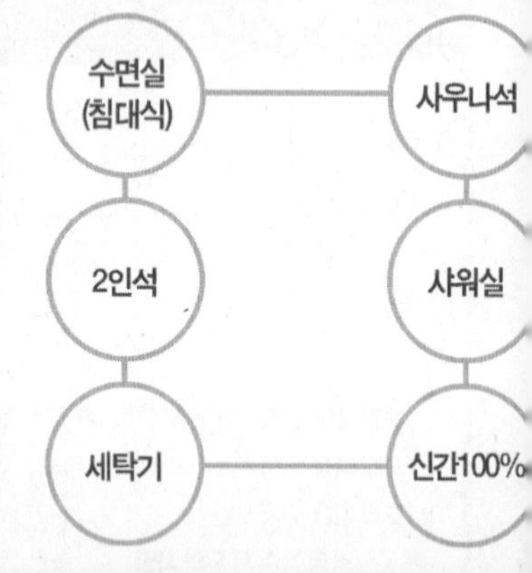
수면실
(침대식)
사우나석
2인석
샤워실
세탁기
신간100%

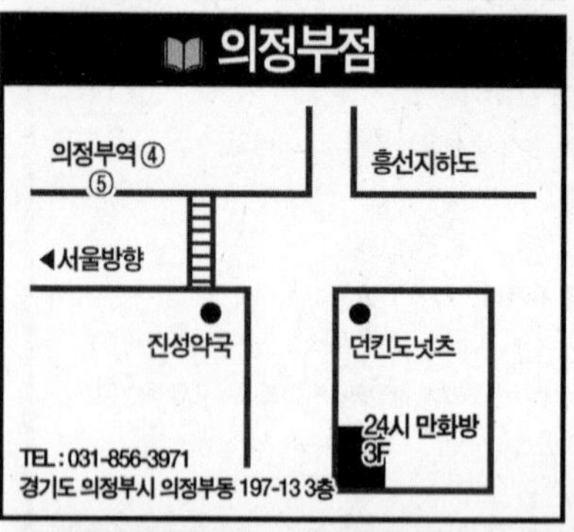
의정부점
의정부역 ④
⑤
흥선지하도
◀서울방향
진성약국
던킨도넛츠
24시 만화방
3F
TEL : 031-856-3971
경기도 의정부시 의정부동 197-13 3층

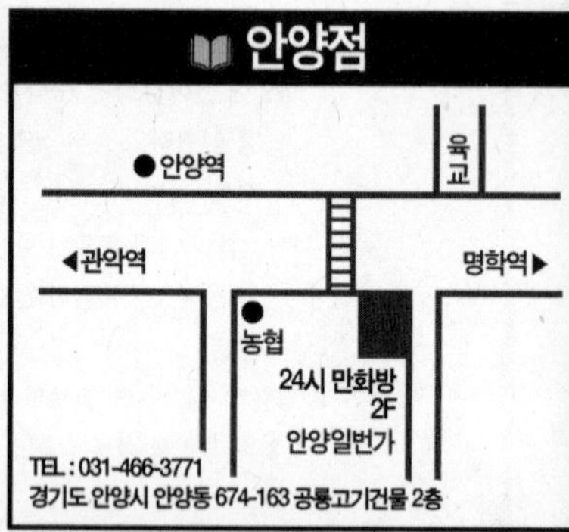
안양점
안양역
육교
◀관악역
명학역▶
농협
24시 만화방
2F
안양일번가
TEL : 031-466-3771
경기도 안양시 안양동 674-163 공룡고기건물 2층

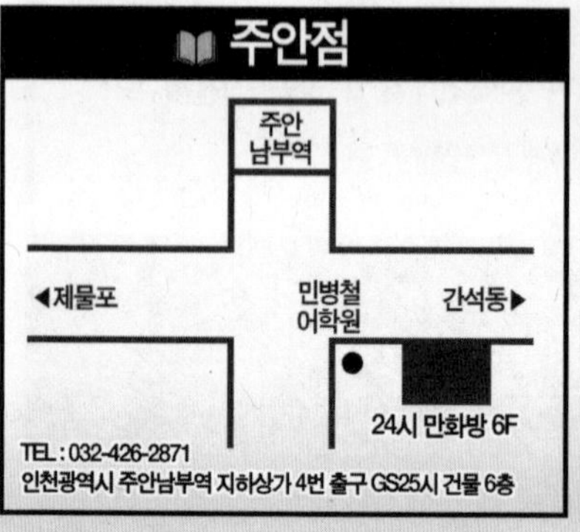
주안점
주안
남부역
◀제물포
민병철
어학원
간석동▶
24시 만화방 6F
TEL : 032-426-2871
인천광역시 주안남부역 지하상가 4번 출구 GS25시 건물 6층

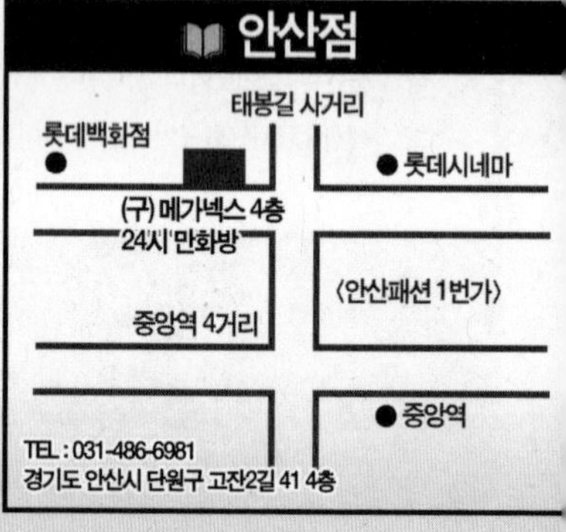
안산점
태봉길 사거리
롯데백화점
롯데시네마
(구) 메가넥스 4층
24시 만화방
〈안산패션 1번가〉
중앙역 4거리
중앙역
TEL : 031-486-6981
경기도 안산시 단원구 고잔2길 41 4층